JN068966

プライベートダンジョン
～田舎暮らしとダンジョン素材の酒と飯～

主な登場人物
ツツジ
オオツキのスーツ姿をコーディネートする凄腕の革職人。とにかくスーツが大好き。
オオツキ
滝月要のダンジョン内での姿（化身）。スーツがよく似合うクール系ダンピール（吸血鬼と人間のミックス）。
黒猫
滝月の自宅ダンジョンに突然現れた聖獣。イレイサーの協力者になってほしいと接近してきた。

ユキ
レンと双子で、冷静沈着なイレイサー。レンと違って思慮深い。
レン
ユキと双子で、元気なイレイサー。熱血型な性格。
愛羅
ツツジと仲の良い布装備職人。おねぇ系で体のお手入れはかかさない。

Contents

じゃがバター

イラスト
しの

# プロローグ

世界にダンジョンが出現して半世紀。

人の目の届かない山奥、人の手の届かない深海、人知れず生まれたダンジョンからは魔物が溢れ、まず海と空で分断が起こった。

溢れた魔物の多くは、棲み処であるダンジョンから――ダンジョンコアから長く離れることができないが、リトルコアと呼ばれる特殊な個体はその限りではなく、またリトルコアを中心として他の魔物も移動することができる。

リトルコアはダンジョンの区切りのいい階層ごとに現れる、他より強い個体。ゲームでいうところのボスにあたる。それらがダンジョンコアの小さなものをその身に宿しているが故、リトルコアと呼ばれる。

リトルコアの強さが、一緒に溢れ出る魔物の数と質を決める。10層のリトルコアは9層までの魔物を従える。20層のリトルコアは19層まで――そこには10層のリトルコアを含む。

もっとも、リトルコア同士は一緒に行動するとは限らない。

ダンジョン内では電子機器が機能せず、銃火器も使えない。リトルコアの周りでも同じ現象が起こる。溢れた魔物も電気や石油製品などで動いている機械の類を、優先的に破壊する傾向にあった。

ダンジョンは電気と石油、火薬を嫌う。

溢れ出した魔物による度重なる襲撃に加え、海に溢れる魔物の存在が輸出入を困難にし、それどころか町同士の行き来もままならなくなり、一時は文明の衰退も懸念された。

陸を闊歩(かっぽ)する魔物たちを倒し、被害を収めたのは政府に所属する特務の者たち。

その後、魔物を倒すことで得られる魔石から動力を得る機巧が発明されると、混乱は徐々に落ち着いていった。まだ大きな動力を得るには至っておらず、魔石は消耗品であるが個人宅の照明や冷蔵庫を稼働させるには十分足りている。

研究により、ダンジョン10層に現れるリトルコアを5年内に倒さねば、魔物が外に溢れ出るか、ダンジョンが消えるか、どちらかが起こることが判明した。ダンジョンの魔物がさまざまな資源をもたらすことも。

そうして人類は未踏の世界へ踏み出し、冒険と資源を求めて今もダンジョンの探求を続けている。

ダンジョンに初めて足を踏み入れた時、人は『運命の選択』をする。

本人にしか見えない無数の光から、運命の一つを選び取りダンジョンでの姿と称号を手に入れる。

姿は、偉丈夫（いじょうぶ）に、老人に、幼女に、異種族に。姿も年齢も性別、種族さえ変わる。

称号は、ダンジョンを進むための能力を人に開花させる。能力とは力や速さなど身体的なもの、火や水といった【属性】、あるいは魔法などの【スキル】であり、『化身』と呼ばれるダンジョンでの姿である時しか発動しない。

また、武器と防具が一つずつ与えられる。称号と共に与えられた能力、武器防具に宿る能力は、あとから得た能力と違い、変異しやすく成長も早いため、その人のダンジョンでの運命を決めると言われる。

そして、今日も人々は、ダンジョンを行く――

「ははは！　行っくぜぇっ！」

腕まくりをした少年が、魔物に突っ込んでいこうとする。

魔物の大きさはビルの3階を超え、4階に達するほど。持ち主が逃げ出したのか、扉が開いたままの車を踏みつけ、街灯を引き抜き破壊をしながら進む。

時々思い出したように、壁を壊しながら窓に腕を突っ込み、中から何かを掴(つか)み出して道路に叩(たた)きつける。周囲には膝丈から大人の倍ほどの異形たちが付き従い、やはり同じように破壊を繰り返している。

「行くな」

少年をコートの男が止める。

その隣、黒髪の青年が少しほっとしたような顔をし、狐(きつね)耳を持つ薄い金の髪の少女が肩をすくめる。

少年と青年、2人はよく似た姿、どちらも神父が着るような同じ黒いローブをまとう。ただし、男に止められた方は袖(そで)を捲(まく)り上げ、着崩している。

よく見ると2人とも顔がそっくりで、年齢も変わらないと分かるのだが、まとう雰囲気が判断を分ける。片や青年と呼ぶには表情がくるくると変わり、片や少年と呼ぶには静かな立居だ。

「なんで!?」

襟首を掴まれ、飛び出す寸前で引き戻された少年が抗議の声を上げる。

「周りが見えんのか。遠距離持ちの一斉攻撃だ」

男が言い終わるや否や、周辺のビルや路上から魔物に向けて火球や氷の礫が飛ぶ。

「うっ、あっぶねッ」

少々顔を青くする少年。

「あの大きさと、この距離で私たちが『化身』になれることからすると、１５０層以降ね。体表が濡れているし、お供も鱗持ち、また海から」

少し離れたビルの上、目を眇めるように総攻撃を受ける魔物を見る狐耳を持つ少女——少女と言い切るにはいささか色気がありすぎるが。

「さすがに山ん中のダンジョンは、10層のボスが出てきた時点で特定するしな」

どこか楽しそうに同意する、腕捲りの少年。

「問題はどこの海域か、ということでしょうか？」

「最近70層以降の溢れた魔物の話は聞かん。あれが出たあと、他の国で倒されていればいいが、野放しの可能性があるな」

青年の問いに、コートの男が答える。

「その辺は政府が調べるでしょ。私たちが考える話じゃないわ」

戦況を見ながら、狐耳を持つ少女。

陸ならば見つけやすいが、海中を行く魔物を見つけるのは難しい。

リトルコアの周囲では、ダンジョンと同じく重火器は使えない。だが、人は『化身』に姿を変え戦うことができる。重火器は使えないが、生産者と呼ばれるダンジョン内で効果を発揮する道具を作る者たちがいる。

「ほれ、行ってこい」

「おうっ！」

男が掴んでいた襟首を離すと、待ってましたとばかりに少年は飛び出していく。4階を超える建物から気軽に飛び降り走る姿は、人ではあるものの確実にダンジョンの化身。

「行ってまいります」

青年があとを追う。

「……私は協力者であって、保護者じゃないんだがな」

「諦(あきら)めなさいな」

一直線に走っていく少年と、あとを追う青年の背を眺(なが)める男の呟(つぶや)きに、狐耳の少女が答えた声を風がさらっていく。

# 1章　滝月要の場合

青い空、緑、遠くに霞む海。

木々に囲まれた陽が当たる斜面に、都会にあれば広めだが田舎のこの辺りでは狭めの、私の趣味と田舎暮らしの理想が詰まった家。

山は海辺に次いでダンジョン発生が確認しづらいため、魔物の出現が分かりやすく便利な、市街地に移る人が増えている。

『運命の選択』前の幼児は、魔物と戦うすべがない。子供を抱える家族は心配だろう。だが、私のように解放感を求める人間や、野菜作りのために移住する者も少しばかりいる。ダンジョンから産出される食料は肉が多く、魚や野菜は少ないのだ。

私は田舎に引っ込んだが、野菜作りに早々に挫折して、市のダンジョンに通っている。うん、一応家庭菜園程度はなんとか……。広い土地があるのに、ベランダ菜園レベルで止まっている。

一生遭わないかもしれない魔物の侵入よりも、むしろ庭の草と虫との戦いの終わりが見えない。なお、家の中への虫の侵入は、全ての窓、扉などに忌避剤を定期的に施すようにして阻止している。それでも網戸に蝉やら蛾やらが張り付いていて、ぎょっとさせられるのだが。

庭はまだ少々あれだが、家は気に入っている。広い台所、通り土間、書斎、薪(まき)ストーブ――。

そしてパニックルームにダンジョンの入り口。

いや、これ、昨日までなかったはずだが。うん、おじさんびっくりだよ。

パニックルームはそもそも、魔物の氾濫(はんらん)に遭った時に救助が来るまで籠(こも)るための場所だ。そこにダンジョンの入り口ができてどうする。

パニックルームは、ダンジョン出現以前は災害や強盗などから身を守る緊急避難用の小部屋で、普及しているとは言い難い設備だったそうだが、今は大抵の家にある。

趣味の部屋として使われることも多く、ユニット販売もされている。戸建ては大抵地下に作られ、私もそうした。選んだのは、トイレと小さなキッチン付きのオーディオルーム兼映画鑑賞ユニット。

私有地、それも民家の敷地にできる個人所有のダンジョンは、個人ダンジョンとか、プライベートダンジョンとか呼ばれ、人気がある。

ダンジョンは、国の下部組織である日本ダンジョン活用機構――通称冒険者ギルドが管理する。なお、正式名称はほぼ呼ばれない。

直接管理運営もするが、このような個人所有のダンジョンや、企業が持つダンジョンのチェックも行う。個人所有のダンジョンは届けなくても罰則はないのだが、代わりに届けずに氾濫させた場合、ダンジョンのある土地家屋ごと安値で没収される。

敷地にダンジョンができた場合、選択肢としては、ダンジョン付きの家として売るか、そのまま所有して定期的にリトルコアの討伐を頼むか、自分で倒すかのどれかになる。

覗（のぞ）いてみると最初の部屋は20畳ほど。

最初の部屋は魔物が出ず、吸収と呼ばれるものがダンジョンに取り込まれる現象も起こらない。生産施設や販売所など、さまざまな用途があり、広ければ高値がつくんだが残念。でも、床が石のタイルを敷いたように平らなのはポイントが高い。

ダンジョン内は、床や壁をいじっても、数日後には元に戻ってしまう。広さ的に大企業や国が買いたがる可能性は消えたが、床が平らならば生産設備を入れやすいため、個人には高く売れるだろう。

コンクリやタイルなどを運び込んで、整地するのは重労働になる。最初の部屋以外では、その運び込んだものもダンジョンに吸収されて数日で影も形もなくなってしまうのだが。

市街地にあるダンジョンの、別の入り口が開いたとかではないよな？

大規模ダンジョンには入り口が複数できるものがあり、ダンジョンに入る人間が多ければ、ダンジョンが成長すると言われる。

この市にあるダンジョンは中規模だが、最近は人が多いので成長して新たな入り口が――いや、うちとの距離的にそれはないな。

そもそも地形的、距離的に、市のダンジョンを含め、周囲のダンジョンが大規模と呼ばれるまで成長しても、届かない場所を移住先に選んだんだし。

未踏のダンジョンは高く売れる。だがせっかく手に入れた理想に近い家、高く売れて次の土地を探したとして、果たしてご近所さん含めて良い場所かどうか。

それに家にダンジョンがあるのも悪くない。気分的に虫系でなければだが。

とりあえず中を確認するか。ダンジョンの入り口は、プロジェクター投影用の真っ白な壁だった場所にできている。スクリーンを買う予定はなかったんだが、買わんといかん。

魔物が周辺に現れた場合のために、パニックルームには防寒着や非常食も一式常備している。

その中から靴を取り出し、スリッパから履き替えてダンジョンに入る。

「【月影（つきかげ）の蒼夜（そうや）】！　変転！」

称号を口にすると、手の中に懐中時計が現れる。

それを掴むと光が漏れ、私の姿を変える。

コートがひるがえり、視線が少しだけ高くなる。

懐中時計は『変転具』と呼ばれ、初めてダンジョンに入った際に手に入るものだ。それぞれ形が違うが、これを使って『化身』と呼ばれるダンジョン内での姿に変わると、能力を使えるようになる。

人は初めてダンジョンに入った時、ダンジョンでの己の姿と能力、装備を手に入れる。

『運命の選択』と言われるその現象は、文字通りその人のダンジョンでの運命を決定づけるものだ。

【月影の蒼夜】は私が変転具と共に得た称号。闇属性と少しの光属性、ほんの少しの凍結属性。称号スキルは『スキル奪取』。

種族はダンピール。ヴァンパイアと人間のハーフのことだが、特に血は必要ない。与えられた武器防具は苦無とコート。

苦無は忍者が投げる先の尖った道具だが、刃が大きめで紐がついている。ついた能力は【正確】、この能力の強さは経験と知識に大きく左右される。

戦闘ならば魔物の弱点、例えば心臓がどこにあるのかを知っていれば、どうやったら効率的にそこを狙えるか感覚的に分かり、光の筋のようなものが見えることもある。

コートには【収納】。裏地やポケットにはいろいろなものを仕舞っておける。強化をすれば別だが、最初は大きさにかかわらず50個まで。対象はダンジョンから出したことのないもの。

武器防具は自分で装備するか、『変転具』に仕舞うかしかできない。もし手放したとしても、層の移動で『変転具』の中に戻る。

武器防具についた能力は、装備していなくとも『変転具』の中にあれば使用可能。

例えば、コートを着ていなくても『変転具』の中にある限り【収納】は可能だ。その場合、『変転具』に対象が吸い込まれる。防御力はコート分落ちるのだが、能力は変わらず発動する。

【正確】も苦無だけに影響を与えるものではなく、【生産】などさまざまなことに使える。

私の得た称号スキルや能力は一見良いように感じるが、ダンジョンでは最初に躓く。なにせスキル持ちの魔物の話は30層以降でしか聞かない。

苦無は【正確】のおかげで当てるのは容易。ただ、ピンポイントな弱点があるならともかく、強化なしの初期状態では大きなダメージは与えられない。

ダンジョンでのドロップはカードの形をとるので、【収納】の需要も低い。

テントや他の荷物も、ダンジョンから出したことのないものならば、ダンジョン産出のものを使い、ダンジョン内で作ったものならば、魔物の落とす『ブランクカード』に【収納】と同じように【封入】できる。

ドロップも荷物もカードならば、ポケットに入ってしまう。

リトルコアのドロップは、ダンジョン内の道中も含めて攻略に関わった人数が多いほど、いわゆるレアが出る確率が下がるのだそうだ。特に稀(まれ)に出る能力カードは、パーティーが5人を超えると出なくなる。【収納】のためにわざわざ1人増やす攻略者はいない。

ただし、カードを含めてダンジョン内で効果を発揮するものは、ダンジョンの外に持ち出すと消えて戻らないのだが、【収納】に入れたものはダンジョン間の移動が可能だ。

外で運送業に就けば高給取りなわけだが、長距離移動はかなり疲れるのでパスしたい。昔は車のスピードも早く、乗り心地もよかったらしいが。

能力は同じ名前のものでも、『運命の選択』で得たもの、未踏ダンジョンの初到達で得たもの、ドロップカードで出たもので性能が違う。当然『運命の選択』で出たものが良く、強化をした時の上昇率も良い。

ちなみに初めてのリトルコア討伐はレアのドロップ率が上がるため、私のように金を払って他の冒険者に一度だけ連れて行ってもらい、早々に2度目の運試しをする者は多い。

幸い私の2度目の運試しは当たり、能力カードを引いた。出たのは【生産】だったが。

そしてその運試しの依頼のあと、ダンジョンを攻略することは諦めて、政府の仕事をすることになり、退職して今に至る。

現在も【生産】で稼いでいるので、フリーランスになったというのが正しいか。今年30です。

しかし、おかしい。人類が初めて足を踏み入れるダンジョンであるなら、初到達の能力石が出るはずだ。私の知らない要素で、市のダンジョンがここまで広がったのか？

「おう、すまねぇ！」

困惑していると、突然真っ黒な猫が現れた。

飛びすさって距離を取る。

「あ、悪意はないぜ？　単刀直入に相談なんだけど、このダンジョンが欲しいなら力を貸してほしい」

「力？」

魔物ではないようなので少し力を抜く。

人語を話す魔物の存在はまだ知られていない。人語を話すのであれば、この黒猫の正体は聖獣だ。聖獣はダンジョンコアの使いとも言われる。

魔物を輩出するダンジョンではあるが、同時にさまざまな恵をもたらす存在のため、ダンジョン自体は疎(うと)まれていない。

疎まれるどころか、利用価値が高いダンジョンが現れることを望んでいる人間がほとんどだ。ダンジョンの産出物を避ける者も一部存在するが、ダンジョン出現から50年経った今、それもだいぶ少なくなり、ダンジョンとダンジョンの産出物の利用は当たり前になっている。

「ダンジョンの力を不当に使う輩を消し去る、『イレイサー』ってのがいるんだけど、そいつの装備を直したり、回復薬なんかの消耗品を作ってほしい」

ダンジョンでは聖獣の導きに従って損はないと言われている。

聖獣の選ぶ『イレイサー』の存在は巷では都市伝説の扱いだ。が、実際に存在することを以前の職の関係で知っている。

やはり黒猫は聖獣で間違いないようだ。イレイサーは聖獣が選ぶ。そして確かに私は【生産】を持っており、今の収入は主にギルドへの回復薬の納入で得ている。

【生産】はダンジョン内で、ダンジョンから出た素材を使い、ダンジョン内でだけ効果を発揮するものを作り出す能力。作り出すのは武器防具、回復薬などだ。

『運命の選択』で手に入れた能力はさまざまに変化する。【生産】であれば、武器作りに補正がついたり、防具作りに補正がついたり。そしてある程度、知識がなくても手が動き、作れてしまう。

私の【生産】は能力カードで手に入れたもの。変化は望めないが、【正確】のおかげで分量を守りタイミングを見極める生産――中級程度の薬ならば問題なく作れる。

「簡単に言うと、本来コアの側でしか使えない能力を、外で使用できるよう改変したり、魔物を使って実験したりする奴を消すのがイレイサーね」

——魔物やダンジョン内でだけ発動するものに対する本格的な実験は、法で禁止されている。なぜなら過去に実験の舞台となったダンジョンが爆発し、地上の建物も含め大規模な破壊と崩落を起こしたことが何度かあったから。破壊の規模はダンジョンの大きさと深さにより、被害はより人のいる方角に偏って起こる。

それがあるので、少なくとも私が生きている間は、今確認できるダンジョンが成長しても届きそうもない場所を住処に選んだ。代わりに山の中なんで氾濫した魔物には遭いやすいかもしれんが。

「ま、この市は今回範囲じゃねぇから気にするな」

私の顔を見て、ニヤリと笑って軽く言う黒猫。

生活圏が崩壊の範囲じゃないのは嬉しいが、どこかの町が1つ2つ消え去る可能性があるのだろう。資源を生み出すダンジョンの側には、その規模に見合う大きさの町があるのだから。

「消すというのは？」

分かってはいるが一応聞く。

「『化身』の剥奪、ダンジョンで殺すこと」

ダンジョンで死ぬと、『変転具』は呼んでも現れなくなり、『化身』になれなくなる。

当然能力も使用できず、魔物に対抗することが難しくなるのはもちろん、最初の部屋以外に足を踏み入れれば、1日ほどでダンジョンに吸収されてしまう。

「国にも協力者がいるが、俺が選んだイレイサーはどうも不審に思ってるらしい。普通はなんらかの秘密の地位と支援を与えられるんだが、今回はなし！」

黒猫が言う。

最初にダンジョンに手を出して、崩壊を起こさせたのは国だ。最初の1つは未知で無知だったのだ、仕方がない。だが、その後も続けたのはいただけない。

今も巧妙に隠して、実験を続けていても不思議に思わない。実際、不審なダンジョンでの事故がいくつかある。表に出てくる話は民間会社のものが多く、もちろん不正を暴こうと働く国家公務員も多いのだろうが、政府側に国の将来にわたる利益を追求する者がいてもおかしくはない。

私としては、組織というものに懐疑的なのはポイントが高い。

面倒ごとに関わるのはご免だが、ダンジョンがもらえるという条件は、悪くないどころか滅多にない機会。

ダンジョンでの姿を――能力を奪うだけならば忌避感はない。むしろ借りている力で好き勝手やっていると考えれば、剥奪は当然とも思える。

そして最大のポイントとして、私がやるわけではない。

「私は生産サポートで、積極的に戦闘をすることや、表に出ることはない？」

「合ってる。イレイサーが隠したがってるから、基本アンタにも隠してもらう」

「このダンジョンのことも？」

敷地内にできたダンジョンの登録は必須ではないけれど、届出のないダンジョンの素材の売り買いは調査が入る。

調査は表でも裏でも行われていて、個人が所有する隠されたダンジョンは、政府やギルドに結構詳細に把握されている。それを知っている身としては、むしろ届けた方がスルーされるのでは？　と思っている。

ダンジョンには個別の模様があり、それがカードの片面の模様となっている。国やギルドは『運命の選択』の【鑑定】持ちの職員を抱えている。カードから出した素材の状態で売っても、ダンジョン産出のものは【鑑定】すれば、どんな素材かという情報と共に、署名のようにカードの模様が出るそうだ。

ちなみにギルドを通さず売買は可能だが、売り手と買い手が直接やりとりする場合は届出がいる。届出なしで行うと、罰金というか税金というかの請求が恐ろしいことに。

ついでに言うなら、ダンジョンから出たリトルコアの魔石は、国の委託を受けたギルドの専売だ。見つかると売り手も買い手も処罰される。

何が言いたいかというと、ダンジョンを隠すということは、ドロップ品は売れないということだ。

「ま、自宅にダンジョンってのは時々あるだろ？」

ウインクしてくる黒猫。

「ああ」

時々というか稀にある。

なるほど、ダンジョン所有はバラして大丈夫、と。

「ああ、あとイレイサーとは住んでいる場所が近い。外で会うかもしれないけど、イレイサー相手に、あんたの生身を隠す隠さないは自由だ」

「近いのか？」

「今回のイレイサーは引っ越してるんでな。ちょっといつもと予定が狂ってる。普通は距離の近さより、イレイサーや対象者との心理的な近さで選ばれる。それが一方的な執着であっても。で、結果近いとこに住んでる奴が選ばれるんだけど、今回は引っ越してるので最初から物理的距離の近さで選んだ」

尻尾をぱたぱたと振る黒猫。

なるほど、だからここは「今回範囲じゃねぇ」のか。

対象者がいて、何かやらかしているダンジョンはこの市のダンジョンではないし、生身同士も含め、外での争いも距離があるので、いきなり始まる可能性が低い、と。

「アンタへの報酬はこのダンジョン。アンタ自身のみ、レベルアップの時の能力の強化率が高い『強化』カードが普通より出やすい」

指折り数える代わりか、ぱたりぱたりとしっぽを大きく振る黒猫。

ダンジョンで魔物を倒していると、レベルアップと呼ばれる現象が起こる。レベルアップでは、『化身』の持つさまざまな能力がゲームのように上昇する。能力には無条件に上がるものと、自身で選びとって上げるものがある。

『強化』のカードはその名の通り能力を強化をするカードで、『変転具』か武器、防具に使用できる。『変転具』への使用では、称号でついた『属性』と『称号スキル』、初到達報酬の能力、カードで得た能力が強化され、登録された能力が多いほど個々の上昇は抑えられる。

『強化』はドロップ率が低いレアカードで、買うととても高い。それが出やすい。

――レベルアップについては正直、既にある程度レベルが上がっていて、一体どれほど魔物を倒せば上がるんだ？　みたいな状態なので、スルー。深い層に行けばいいのだろうが、レベル上げのためだけに行く気はない。

「ダンジョンは、魔物の傾向かドロップの傾向を選んでもらえる。ただし、イレイサーが望んだ生産品の材料が混ざる。具体的に言うと、偶数層はスライムだな」

奇数層のドロップが選べる。

魔物の傾向はどうでもいい、そこまで得意不得意はない――いや、範囲攻撃をしてくる魔物は避けづらくて苦手だが。

偶数層のスライム。スライムはいろいろなアイテムをドロップする。もともと体内にさまざまなものを取り込んで溶かして食う性質のため、と言われている。

ただし、そのスライムがいるダンジョンでドロップしないものもあるし、そもそも現れてすぐの何も取り込んでいないスライムもカードを落とすので、まあ、ドロップはスライム次第だ。

「分かった」

具体的には偶数層のスライムが、回復薬の素材をはじめ消耗品の素材を落とすということなのだろうが、問題ない。

「で、称号はやれないけど、武器防具を新しく贈る」

「大盤振る舞いだな」

一から強化するのかと思うといささか面倒だが、楽しくもある。

「ダンジョンだけだと、買えるからな。ま、アンタの今の装備と同系統か、称号に合ったのが出やすいかな？」

と黒猫が言う。

簡単に言うが、ダンジョンがいくらすると思ってるのか。いや、ダンジョンのドロップが自由自在の存在なら、金の価値なぞ気にしないか。それか今までのイレイサーか協力者に金持ちがいて、否定されたのかもしれない。

「他には、レベルアップに必要な経験値がリセットされる。40でも50でも今のレベルのまま、レベル1から2に上がる経験値で1つ上がる。次は2から3に上がる経験値で」

レベルアップには経験値がいる。

【鑑定】してもステータスなどには出てこないが、ゲームのように魔物を倒すと溜まっていくものと考えられている。

レベルが低いうちは少ない経験値で上がるが、高くなるにつれ必要になる経験値も膨れ上がっていく。魔物の持つ経験値は、深層ほど多いと言われるが、はっきり言って一定レベルを超えたあとはほぼ上がらなくなる。

それが上がる、単純に考えて今までと同程度魔物を倒せば今の倍に。

「それは……。報酬としてはだいぶ大きいな」

前言撤回、レベルアップの上昇率もスルーできない。

いや、待て私。政府の仕事は辞めたし、ダンジョン攻略は興味が——いや、ドロップが選べるなら興味津々ですね。はい。

「こっちもある程度腕を上げてもらいたいし、一度手に入れたものを失くしたくないと思ってくれないと困るんだ。本来なら対象者かイレイサーへの想いがあるはずなんだけど、アンタにそれはないだろうしな」

ちょっと困ったように、視線をそらしてぱたぱたとしっぽを振る黒猫。

まあ、協力者は同じ条件なんだけど、と小声で付け足す。

執着や欲によるやる気。確かに私も全力で釣られかかっている。ドロップが選べる、家にあるダンジョン……！

「大体分かった。だが、そのイレイサーと相性が悪い時は？」

「協力がないまま1年経つと、このダンジョンとこのダンジョンで得た能力が、強化分も含めて消える、それだけ。でも、同意なくイレイサーのことをバラしたり、イレイサーの不利になる行動を起こしたら、今現在持っているダンジョンでの能力も一緒に消える」

私が話さなければ、少なくとも1年は楽しめるのか。

相性が悪くなければ関係を続けてもいい。

「ああ、イレイサーが目的を達成したら、今回の武器防具は消えるけど、得た能力とダンジョンは残る。あ、武器防具についた能力も『変転具』に残るから安心しろ」

新しく得る武器防具についた能力が消えるのなら、強化して育てる旨味が少ないな、とちょうど考えていたところだ。

『変転具』に残るということは、以降の強化の効率は悪くなるが、能力は使えるということだ。効率のいい強化のために、イレイサーには時間をかけて対象を倒してほしいところ。

「武器防具そのものの強化分は？」

「もともと持ってる武器防具にスライド」

うむ、素晴らしい。

「イレイサーが目的達成前にドロップアウトしたら、今回の報酬は全部なしな。ちなみに期限は5年。ついでに言うなら期限内に達成できなかった場合、ダンジョンの崩壊が起きる」

「……分かった」

ダンジョンを自分のものにしたければ、イレイサーのサポートをしっかりしろというわけか。ダンジョンの崩壊の方は知らん。ダンジョンにちょっかいをかけた奴の責任だろう。この周辺のことではないようだし。

「イレイサー以外が対象を倒した場合は？　今回の報酬は全部なしで崩壊もなしか？」

そのはずだ。

「そう」

黒猫が頷く。

「協力者が倒した場合も？」

「その場合は、イレイサーが倒した場合と一緒」

なるほど。

「了承がもらえれば、イレイサーのダンジョンとこの最初の部屋同士を、1時間後に繋げる」

黒猫が言う。

早速顔合わせ、ということらしい。

「最後に、なぜ私？」

「『近い』のと、イレイサーの希望の修理や生産物の幅が広いんだよ。メインは回復薬と弾丸の生産だけど。まあ、内緒にしたけりゃそうなるな」

「ああ」

よく分からんが、本来は愛憎を含む執着という意味での『近い』という概念が、物理的距離の『近い』に入れ替わっているらしい。

私には【正確】がある。道具を揃え、勉強をせねばならんだろうが、ある程度――手作業で全て作る――は対応ができるだろう。ある程度より先が必要になるまでに、イレイサーが他に信頼できる生産者を見つければいい。

「分かった、協力しよう」

「おう！　助かるぜ！」

上機嫌な黒猫。

さらにイレイサーが望む生産物の傾向の他、少々説明を聞いて、ダンジョンのドロップ系統を選ぶ。

私が選んだのは食材だ。自分で食えるし、食材がメインのドロップならば、バレても一攫千金(いっかくせんきん)を狙うような冒険者に絡まれることはまずない。目の玉が飛び出るような高額になることはないが、需要がなくなることはなく、コンスタントに売れる。

ダンジョンの登録時に、秘匿の希望を出すつもりではいるが、念のため。なにせ家のダンジョンだ、通うのとは違って量を確保するのは難しくない。薄利多売で行こう。

嘘です。食い意地が張ってるだけです。家にある食料庫、素晴らしい！

「時間になったら、そこに扉ができるはずだから入ってくれ。それまでに武器防具と初到達報酬の受け取りを済ませろ」

顎(あご)をしゃくって今は何もない壁を指し、そう言って姿を消す黒猫。

黒猫が姿を消すと、私の周りの空間にとりどりの蕾(つぼみ)が溢れる。薄く輝く蕾の中にはさまざまな石が抱かれているのが透(す)けて見える。

『運命の選択』で現れる蕾に似ている。あれは掴み取ると、手の中で『変転具』と変わり、同時に得た称号(しょうごう)を口にすると、武器防具を装備した『化身』に変わる。

今回『変転具』はなしと黒猫が言っていた。

ではこれは、武器防具の石だろうか？

ぷっくりとした蕾、細長い蕾、五角形の桔梗(ききょう)の蕾のような形のもの、内包されるのは透明度の高い宝石のような石、七色に輝くビスマス結晶のような石、夕焼け色の石、中にインクルージョンのある石、綺麗(きれい)にカットされたもの、原石のようなもの、さまざまだが、どれも美しい。

時間を確認して、周囲に視線を戻し、蕾の中をゆっくりと歩く。狭い空間だが、選ばなかった石は触れても体を透過していく。

選んだのは黒に見えるほど濃い青紫と深紅の混ざった宝石を内包した、白い蓮(はす)のような蕾。淡く輝き、先がわずかに青い。中の宝石がその光に照らされ、黒以外の色を見せている。

腹黒そうでいい。

手を伸ばし掴み取ると、それは日本刀に変わった。そして同時に手首辺りが光り、銀の腕輪が現れる。

――なるほど、同系統。

武器防具についた能力を確認する間もなく、今度は6つの宝石が浮かび上がる。薄く輝き、中には花の蕾が封じ込められている。先ほどと逆。

これはダンジョン初到達の能力石だ。一般に出回っている話を信じるなら、このうちの半分が既に持っている称号に沿った能力、半分があまり関係のない能力という率だ。

浮いている石は、青、緑、赤系。形はさまざまだが、どれも拳に握り込めるほどの大きさ。色や形、内包する蕾に規則性を見つけようとしている研究も聞くが、今のところなんの関連も見つかっていない。

考えても無駄なので、自分の好きなものにする。色が綺麗な、紫を帯びた青いタンザナイトを思わせる石に触れる。すると、瞬く間に中の蕾が花開き、花芯から光が溢れ出す。

『【幻影回避】。周囲に己が居場所を錯覚させる』

頭の中に声が響き、光は懐中時計に吸い込まれて消えた。

久しぶりにダンジョンの声を聞いたが、さっきの黒猫の声に似ているな。それにしても今更近接武器か。運動にはいいか？

落ち着いたところで確認。

日本刀についている能力は【魔月神(まがつかみ)】、銀の腕輪は【隠形(おんぎょう)】。

【隠形】は分かるが、なんだ、【魔月神】って。――状態異常つきの必殺技的なものだった。あとで使ってみよう。刀は斬撃属性、これは一般的。時々剣なのに打撃属性がつくものもあるそうだが。

【隠形】は身を隠す系統の能力だが、今の状態は立てる音を小さくするだけのようだ。おそらく強化をしていけば、その名の通りのものになるはず。銀の腕輪自体の防御性能は、魔法防御系。

私の種族はダンピール。赤目の印象を和(やわ)らげるための伊達(だて)メガネ、服装は【収納】がついた黒のロングコート、チャコールグレーの三つ揃え、ベストに『変転具』の懐中時計、銀鎖。細身の内羽根ストレートチップ――おおよそ動き回る冒険には向かない、フォーマルな黒の革靴。

生産職でそう動き回ることもなく、自分で言うのもなんだが、ダンジョンでの姿は見目がよかったために、生産職の知り合いであるスーツ大好きツツジさんにコーディネートされた格好だ。

ちなみに出会いの第一声は「ナポレオンコオオオオォオオォオト！」だった。出会いというか、突然後ろから奇声が上がったのだが。

自分のコートがナポレオンコートと呼ばれる部類なのだと、ツツジさんに叫ばれて初めて知った。すごく鬱陶しかったのだが、スーツを着てさえいれば、むしろ近づいてこないので無害。壁際から送られてくる視線を気にしなければだが。

そして腹立たしいことにツツジ作の靴は履き心地がいいし、スーツも同じく着心地がいい。防塵防汚効果は付いているが、特に攻略のために防御力を高めるような処理はされていない。

日本刀は黒い柄、黒い鞘、美しい白銀の刃。角度によっては漆黒にも見え、風景を取り込んで消えて見える。腕輪の方は輝きを抑えた銀に、繊細な模様。影の中では黒く見える紫の宝石がついている。

コーディネイトとしてはいいのではないか？　あいにく私はジャージ愛用者で、外出時はスラックスを履いていればあとは適当、かしこまった席ならスーツを着ていけばいいだろう程度の意識レベルなのでよく分からんが。

だが、装備として物理防御が低いことだけは分かる。しばらく浅い層だが、リトルコアと対峙する前に防具を揃えねば。

生産サポートと言いつつ完全に戦闘向けの報酬だが、もともと『運命の選択』で得たものは一応戦闘系だからな。生産系の人たちは、武器に鍛冶屋のハンマーや、裁縫の針、防具に鍛冶屋のエプロン、針仕事の指抜きなどを出している。

称号武器防具による戦闘系と生産系の割合は、半々より若干戦闘系が多い程度。ただ、リトルコアを何度も倒し、その先の階層に行く者は少ない。外での仕事との兼業も多いし、浅い階層でのドロップで小遣いを稼ぐ程度で、命懸けで進むまでは到らない。

『化身』を早々に失うより、長くダンジョンに行ける方がいいという考えだ。生身が80歳を超えても、『化身』では姿も能力も変わらんからな。

確率は低めだが、私のようにリトルコアから能力カードを得る者もいるし、浅い層までなら生産系も戦闘系もそう変わらない。

懐中時計を見ると、既に1時間になろうとしている。優柔不断というわけではないのだが、武器防具の蕾を眺めるのに時間がかかった。あれは眺めているだけでも美しい。

意識を手に入れたものから周囲に戻すと、なかったはずの扉がある。パニックルームの正面にダンジョンの奥へ進む通路、左手に扉だ。

仕事
・イレイサーの装備の修理
・消耗品、主に薬品類・弾丸の提供
条件
・イレイサーのこと、イレイサーに繋がることを口外しない

・イレイサーの不利になる行動を慎む
報酬
・メインドロップが食材のダンジョン（初到達つき）
・レベル能力はそのままに、レベルアップに必要な経験値の初期化
・レベルアップ時の能力の上昇率
・『強化』カードのドロップ率
・新たな武器防具、日本刀と腕輪
結果による賞罰
・イレイサーが5年以内に対象を消す
↓日本刀と腕輪は消滅、得た能力（武器防具のもの含む）とダンジョンは残る
・イレイサーが失敗
↓得たものはダンジョンごと消える。対象が何かしているダンジョンの崩壊
・私がイレイサーを裏切る
↓今回得たものだけでなく、もともと持っていた能力を『化身』ごと失う

新たな武器防具を効率よく育てるには、なるべく期限いっぱい対象を倒さないこと。

……大体こんなところか。

頭の中で今回のことをまとめ、現れた扉に向かう。

タダ働きを要求してくるような奴でも、武器防具にダンジョンが手に入るのならば、十分黒字、いや遥(はる)かに黒字だ。懐(ふところ)も、私の欲求的にも。

だが、時間的拘束が長くなるのだけはいただけない。素材を探して取り寄せて揃えたりするのは結構面倒だ。どう交渉しようか。

一応、ノックして扉に手を掛ける。……開かん。

「はーい、どうぞ」

中からよく通る声が返ってくる。

あちらからしか開かないのかと思いつつ、もう一度力を込めると、今度は簡単に開いた。なるほど、中のものが了承をしなければ開かない、結界の一種か。市のダンジョンの生産ブースにも似たような仕掛けがある。

部屋に入ると、あの黒猫が澄ました顔をして浮いている。

黒猫の他は2人。

「オレはレン！　よろしく!!」

「ユキと言います」

雰囲気が違うが似た顔の2人が並び、こちらに向かって自己紹介をする。

もっとも鼻の頭から額まで、黒い金属のようなものが張り付くように覆っていて見えないのだが。片方やたらテンション高いな？

イレイサーは2人？

「……ああ、よろしく頼む。ダンジョンではオオツキと名乗っている」

とりあえず私も名乗る。

もちろん本名ではない。本名は滝月要なので、そうもじってもいないが、ダンジョンの登録名、いわゆる冒険者としての名前だ。

こちら側の最初の部屋は、私のダンジョンの1部屋目の2倍程度。商業にも使える広さか？　プライベートダンジョンとしては十分広い。そして最初の部屋から通路が2つ。この規模の最初の部屋で、分岐があるのは珍しい。

「出口がなくなってる」

声を上げてレンが壁を見ている。

おそらくそこに、外との出入り口があったのだろう。

「おう！　この部屋にダンジョンへの入り口以外から入った者がいると、外の世界に通じる場所がなくなるんだよ。オオツキが自分の方に戻れば出るから安心しろ。オオツキの方に通じる扉は、それぞれの最初の部屋にイレイサーと協力者が両方いる時に出現する。オオツキの方も一緒な」

黒猫が言う。

お互いダンジョンの外のことへ干渉なし、そういう仕組みか。

「ダンジョンへの通路はそのまま？」

レンが振り返って聞く。

「通路はそのままだな。持ち主の許可がなければダンジョンの入り口自体が閉じてる。今はさっきの条件で入り口が閉じてるけど、そもそも、この部屋には許可がないと入れない」

黒猫が答える。

なるほど。通路が2つ見えるのは、最初の部屋だけが共有でユキとレン、それぞれのダンジョンということらしい。最初の部屋も2人分だから、この広さなのかもしれない。

そしてどうやら、私のダンジョンも許可した者しか入れないダンジョンのようだ。イレイサー以外は、かな？

「イレイサーと協力者以外が最初の部屋に入った時は、ダンジョン同士を繋ぐ扉は消えたままだ。まあそんな仕組みだ」

黒猫がぱたぱたと尻尾を振る。

「5年のうちに最初のボスを倒さないと、魔物が外に出てくるんだっけ？　オレ、レベル1だけど早く倒せるように頑張る」

レベル1。イレイサーのレベルが1ということか？

9層くらいまでは、能力に偏りがあっても進めるため、小遣い稼ぎと運動がてら入る者が多い。1層に週末通うだけでひと月もせず、レベル2にはなるはずだ。

そしてボスが外に出るのは5年目がほとんどだが、4年の記録もある。記録があるのは数件で観測間違いとも言われるが、4年を目標にしておくのが間違いない——のだが、聖獣が何も言わないことを考えると、少なくとももらったダンジョンは5年が正しいようだ。

「2人分の生産をするのか？」

イレイサーが2人とは聞いていない。

「もう1人の協力者は現在選定中。まあ、初期で使いそうなもんとか、消耗品がアンタで、もう1人が防具系生産特化ってとこか？」

あけすけに黒猫が言う。

「ダンジョン自体に慣れてなくって、まだ何を選んだらいいか分からないんだ」

申し訳なさそうに、だが嬉しそうに言う。

私もプライベートダンジョンには浮かれ気味なので気持ちは分かる。早く話を終わらせて覗きに行きたいくらいだ。
　生産者も2人か。私の方は期待されていないようだが、別に構わん。事実、『運命の選択』で生産系の能力を手に入れた者には敵わんし、過度の期待をかけられて無茶な要求をされるよりは、遥かにいい。

「こっちは当面、傷薬や回復薬を作ればいいのか？」

　究極、私がのんびりできればなんでもいい。

「うん。引っ掻き傷くらいなら薬草貼っとけばいいんだっけ？　まだ2層の階段見つけたところだから。――でも、5層に行くくらいには、お守りに回復薬1本は欲しいかな？　あと弾丸！　でも弾丸は、拳もあるから急がなくてもいい」

　レンがぎゅっとグローブをはめた手を握ってみせる。
　レンの武器はグローブと銃か？　イレイサーも新たに武器防具を授かるので、元から持っているものと合わせて武器は2つある。
　ユキの方は武器の装備をしていないので分からない。いや、一つは指輪か。魔法系のようだ。
　レンと呼ばれた少年は、神父が着るような黒い服を袖捲りして着ている。ユキと呼ばれた青年はくるくると表情の変わるレンと違い、楚々とした雰囲気がある。レンに話すことは任せて控えている。格好は同じだが袖捲りはなし。

イレイサーはそれぞれ少し形や装飾が違うが、この神父服のようなものと顔を覆う仮面のようなものが特徴だ。

まだ装備を揃えていないのか、よく見ると足元が少々おかしい。それとも見てくれでなく性能優先か。

同じ年なのかもしれんが、雰囲気のせいか、ユキの方が年上に見える。レンは短い黒髪でユキより少し背が低い、ユキは髪をゆるく一本の三つ編みにして胸に垂らしている。『化身』の姿は生身の影響を受ける者とそうでない者がいる。親しそうだし兄弟か何かか？

まあ、人の報酬や事情なんぞどうでもいい。それより喜ばしいことに、必要のないものまで欲しがる馬鹿ではないらしい。

「依頼と受け渡し方法は？　ここに偶然同時に来ることを期待するのか？」

「いや、そこの木箱」

黒猫が尻尾で部屋の隅を指す。

いや、フリーメールの捨てアドか何かをだな？

「オオツキの方にも、同じのが出てるはずだぜ」

「これに欲しいものを書いたのと、材料入れとけばいいってことか？」

レンが木箱を覗き込む。

「そういうこと！　木箱に入れて、この部屋を出れば、相手の木箱に移動する」

「なるほど」

レンがすごく感心しとるが……うん、まあいいか。

そこそこ大きな木箱だが、プレートメイルや大剣の大きさを考えれば妥当だ。私はそんな大きなものは作らんが。

「木箱の蓋は、持ち主しか開けられねぇし動かせねぇけど、ダンジョンに人を入れるなら気をつけろ」

「はーい！」

レンが生徒のように答える。

箱に興味を持たれないようにしとけってことか。今のところ他人を入れるつもりはないが。

「俺からは以上だな。ま、あとは上手くやってくれ。あと、政府の支援を受けられない代わり、魔物からカードが出る率を少し上げてある。金で解決できることは金で解決しろ」

そう言って黒猫が姿を消す。

そうか、カード自体のドロップも多めなのか。食材が溢れるな。

黒猫が消えた場所をしばし眺め、そんなことを考える。

「あ、さっき拾ってきたやつ、何か使える？」

レンが広げて見せてきたのは1層のドロップカードなのだろう、よく見るカードだ。

「薬草とスライムの粘液は薬に使える。鉛は確か初級の弾丸に。他の鉱物も弾丸に使えると思うが、弾丸の方は私の知識不足でまだはっきり答えられん」

私も正直に言う。

「じゃ、鉱物はしばらく取っとく。生産のお代はどんな感じ？」

「初級の回復薬は生命、体力、気力共に、傷薬と毒消しは、それぞれ週に10本は無料でいい。初級の弾丸は１００まで無料だな」

金を支払う気があることに内心驚く、そして適当に数を伝える。姿は14、15の少年だが、中身はどうやら良識的なようだ。

「１００も使うかな？」

レンが首を傾げる。

称号と共に与えられた銃ならば、弾がなくても使える。ただ、弾があった方が、それが初級であっても断然威力が高く、気力の消費も少ない。銃の強化がされていない状態では、弾の装填数が少なく、面倒らしいが。

「回復薬と違って使用期限はない。ダンジョンを進めば1発では倒せない敵も出るだろうし、取っておけ。最初の部屋なら置いておいても消えない」

ダンジョンは一定時間が経過すると、動きのないものと外の世界のものを飲み込む。以前、ダンジョンの何層だかにギルドが回復薬の類を備蓄しようとして失敗している。

薬に限らずテントや食料、替え装備も、何もかもなくなったそうだ。人の死体もなくなるため、認知されていないダンジョンは、犯罪に使われることも多く物騒だ。

とはいえ、弾丸１００では足らんくらいだと思うが。１層の敵だけで何匹いると試算しているのだろう？　いや、銃や弓などの類は近接武器より気力が持っていかれるのだったか。レベル１が本当ならば、銃だけで倒していると気力切れで大して進めないのかもしれない。

「なるほど」

「それ以外は材料を全部揃えてもらえれば無料、揃わないならその分を私が補填して、補填にかかった金額と手数料としてその５パーセントをもらう。料金は買う前に知らせる。ギルドで手に入らない素材がある場合は諦めるか、自分で調達を頼む。それと失敗で素材を失うこともあるが、責任は取れん」

困るのは私の時間がなくなること。手に入りづらい素材を探せとか言われると具合が悪い。

「なんか大盤振る舞いな気がするけど？」

ちょっと不思議そうにこちらを見てくる。

こっちは、もっといろいろタダ働きしろと言われる覚悟をしていた。プライベートダンジョンはそれだけ魅力がある。

「私もダンジョンをもらったしな。弾丸はこれから学ぶが、能力的に中級クラスまでは失敗はない。装備系も簡単な修繕程度は任せてもらって大丈夫だ。薬系は安心していい」

薬ばかり作っていたせいで、薬に関しては【正確】の精度が上がっている。【正確】は成功を経験するほど精度が上がるのだ。

「頼りにしてる」

「レベルが上がれば、また状況が変わるだろう。その時はまた条件の相談を。町のダンジョンで必要な物や相場の情報を集めるなりした方がいい」

「ありがとうございます」

黙って聞いていたユキが頭を下げてくる。

とりあえずは協力者として合格らしい。他に何点かやりとりのことを決めて、当面は良しとする。

「弾丸は少し時間をもらうが、回復薬は環境を整えて2、3日中には箱に入れておく。早ければ明日の晩に」

【収納】に入っているが、とりあえずこちらの能力は言わずにおく。

【収納】がなければ、市のダンジョンで作ってこちらのダンジョンに持ってくることはできない、生産道具を揃えることを匂わせて――いや待て。

家のダンジョンで生産するにしても、生産道具はどうするのだ？　他のプライベートダンジョンの持ち主が、設備をどうしているか調べんといかんな。どう考えても持ち込むには【収納】持ちに依頼ということになるのだろうけれども。

「早ッ！」

レンは表情豊かだな。

「これが本職なんでな」

「おお？」

いや、だから黒猫に選ばれたんだろうに。

「ただ、ダンジョン持ちになるのは初めてなんでな、もしかしたら設備の準備の面で時間がかかるかもしれん」

「大丈夫、こっちも手探り！　でも楽しい！」

笑顔のレン。

「いろいろ調べる前に2層まで行ってしまいましたが……」

困ったような顔のユキ。

「えーと、冒険者カードは見せる？」

レンが首を傾げて見てくる。

「……一応、交換するか」

箱でのやりとりができるのは分かったが、毎日箱を開けて覗くのは面倒だ。

冒険者カードには、カード同士をくっつけたことがある相手に対して、50文字程度のメッセージを送る機能がある。冒険者カードを見せ合う、交換する、というのはそのことだ。

フリーのメールアドレスを教え、捨てアドで構わんからメールで連絡を入れるよう伝えたので必要はないのだが、おそらくどうせ市のダンジョンで会う。

私はこの姿でうろついているわけだし、この2人が見つけるのは容易なはずだ。有名人というわけではないのだが、さすがにダンジョン内でギルド職員以外のスーツは目立つ。

対して、イレイサーはこの厨二病的姿の他に、本来の『化身』を持つはずで、私が市のダンジョンですれ違っても気付けない。

——黒猫の話からすると、近所に引っ越して来た2人を探せば生身は分かりそうだが。黒猫がイレイサーに私のことをどう説明したか気になるところだ。

冒険者カードと呼ばれるカードは、煙水晶のような半透明のプレート。『変転具』とセットで他人は触れない。『化身』を失くし、『変転具』が消えてもダンジョン内に残り、『変転具』が消えて初めて他人が触れるようになる。

要するにダンジョン内で亡くなったら、最低カードは回収される可能性がある。ただこれも外には持ち出すことができない。

カードにあるのは、自分でつけたダンジョンでの名前、レベル、ダンジョンに入ってからの時間、これは外に出る度リセットされる。そして2行ほどのメッセージ欄。短文しか送れないが、ダンジョン内での連絡には便利だ。

――やはり2人のレベルが低い、ユキの方は少しレベルが上がっているが……。まさか生身は12歳の子供なのだろうか？　登録名はレンとユキ、そのままだ。しかも私に見えるように差し出してくる。用心しているようで、対策がガバガバなんだが……。

「大きなお世話かもしれんが、冒険者カードのレベル表示は消しておいた方がいいのでは？あと、ダンジョンは秘匿希望で登録した方がいい。ドロップ品を売らないならともかく、登録外のダンジョンのカードが、ギルドか政府の目に留まると詳細に調べられるぞ」

思わずいらんアドバイスをしてしまう。

少し気をつけるべきことを話し、市のダンジョンで会っても、お互い知らないフリをすると念押しも。

「ありがとう」

「ありがとうございます」

「こちらこそ」

礼を言って解散。

ところで、私は黒猫の言っていた国側の協力者っぽいことをやっていた人間なのだが、いいのかね？　まあ、今は関わりないし、いいか。

もしかしたらそれも含めて選んだのが、私なのかもしれんし。

自分のダンジョンに戻ると、早速通路に入る。

約束では、偶数以外の層で出るのは食材のはずだ。１層目はなんだ？

少し進むと、黒い水たまりの上に赤黒いものが浮いている。

見ていると、ぱしゃんと小さな水音を立てて黒い水たまりに入ってしまった。そしてまた軽い水音と共に水たまりの上に姿を見せる。

魚か？　赤黒いシルエットは魚の形をしている。

ファンタジー生物の魔物はカラフルだが、魔物が見慣れた生物の姿をとる時は、赤黒い色になることが多い。

海辺でもない場所で魚は珍しい。１層から珍しい食材をドロップしそうな敵で嬉しい。鶏や豚、牛など、肉の落ちるダンジョンが圧倒的に多いのだ。

いや、川魚も多いか。ただ、肉よりも輸送に難があるので見かけることが少ないだけだ。私の家の側には沢がある。大抵その地に馴染みのあるもの、馴染みがあったものがドロップする。普通のダンジョンならば川魚の線が濃厚だ。

動きのゆっくりした魚にそっと近づいて、苦無を投げる。赤黒い魚をあっさり貫通したそれを、結びつけられた紐を引っ張り地面や壁に当てることなく回収する。

赤黒い魚は一撃で光の粒になり、一度散った光が収束したあとにカードが浮かぶ。綺麗な模様の描かれたカードに触れると、表には魚のシルエットと右隅に数字。

『マアジ』

魚、それも海の魚だった。

魔物からのドロップはカードで浮かぶ。カードはダンジョン内で【開封】し、アイテムを取り出すことができる。ドロップ率はあまり高くないが、『ブランクカード』が魔物から出ることがあり、1枚につき一度だけ【封入】ができる。

それはともかく海の魚だ。

よし、狩ろう。おそらく、海の中にはたくさんあるのだろうが、海の魚が出るダンジョンはごくごく限られる。しかもあるのは海辺で、内陸にある話は聞かない。

海にいる天然の魚を、堤防釣りや手漕ぎの小舟で釣ることはできるが、海は魔物に席巻されているため、危険。獲れる量は少なく、運搬に金がかかる。海辺以外で魚は高く売れるのだ。何より自分で食いたい！　食い意地が張っていることは否定しない。食い道楽で自分で料理もする。

歩きながら苦無を投げ、どんどん魔物を倒していく。さすがに、12歳で入ることが許される1層の魔物に苦戦することはない。

というか、最近は回復薬の材料を調達するために、運動がてらスライムを倒しまくっているので、これくらいのサイズには慣れたもの。スライムが魚に変わっただけだ。

苦無は貫通属性を強化し、必ず傷をつけるという効果も取得している。大型の魔物を倒すのは難しいかもしれないが、堅い甲虫の魔物でも殻を貫くことはできるので、浅い層の小さな魔物ならば楽なものだ。

ダンジョンの浅い層に出現する魔物はスライムかネズミ、虫が多い。市のダンジョンもスライムだ。引越し先を選ぶ際、スライムが出るダンジョンが側にあることを考慮した。

自給自足が頓挫（とんざ）した時のために、回復薬の販売で割と楽して稼ぐために。私は未知の世界に飛び込む時は、逃げ道も用意するタイプなのだ。スライムは回復薬系の素材をよく落とす。

調子に乗って1層を回り終えた。大して広くはないが、さすがに疲労を感じるので今日はおしまい。

マッピングしていたのだが、すぐに面倒になってやめた。アジに夢中で、始めてすぐも所々抜けてるし。まあ、階段の場所だけ覚えていればいいだろう。

――【魔月神】を使うのも忘れたな。まあいい、あとで試そう。

ドロップは『マアジ』を中心に、時々『アカアジ』と『ウロアジ』『黄金アジ』が混じり、『覚えの楔1』のカードが1枚。『マアジ』以外はあとで検索して調べよう。魚の種類の知識が乏しいが、このダンジョンで出るのだから食えるはず。

楔のカードはリトルコアの出る階層に打ち込んで、次回ダンジョンに入った時、その場所に移動ができる。結構いい値で売れるカードだ。ちなみに数字とダンジョンの層の深さは対応しており、3層に打ち込むには1の数字がついたカード3枚か、1と2のカード、もしくは3の数字のついた楔のカードが必要になる。

一旦、ダンジョンを出てビニール袋――昔、似たような商品がこう呼ばれていたらしく、そのままの呼称が使われているが、実際にはスライム素材からできている――を持ち込み、その中でカードを【開封】する。

この部屋に棚とバットでも常備するか。どちらにしても生産のための設備も購入せねばならない。

【収納】に残りのカードを仕舞い、『化身』を解いてダンジョンから出る。【収納】はダンジョンの攻略では人気のない能力だが、重宝する能力だ。

アジを抱えて上機嫌で台所に向かう。

塩焼きとアジフライかな？　どうせ油を使うなら南蛮漬け用も揚げておこう。

マアジは目が曇っておらず、透明。アジ、サバなどの光り物は鮮度が落ちると腹ビレが赤くなってくるが、こちらも綺麗。まるっと太って背の幅があり、相対的に小顔に見える。

時計を確認すると昼をだいぶ回っている。どうりで腹が減っているはず。

とりあえず1匹内臓を抜いて塩焼きにしよう。その間に漬物を出して、味噌汁の用意をして――今食うと半端な時間、夜は飯を抜いて刺身で酒を飲めばちょうどいい。

しばらく海の側のダンジョンに出張というか、赴任していたことがあったので、一応魚もさばける。年単位でやっていないが、たぶんなんとかなるだろう。

そう決めると、さっさと支度をして飯を食う。塩焼きはさらりとしたマアジの脂が身に回り、ふっくらしていてとても旨かった。

今日は午後から、明日納品予定の回復薬を市のダンジョンに作りにいく予定だったのだが、まあいいか。予定数の在庫はある。在庫を切らしたことはあまりないのだが、納品したら綺麗さっぱりなくなる。でも今日は良しとする。

で、アジの残りは外の井戸端にまな板を持ち出して、さばいた。魚は美味(うま)いが、鱗とさばいたあとに残る臭(にお)いが困る。ダンジョン産は血抜きが完璧なので、その点は助かる。ものすごく助かる。

他の層でも魚が出るなら、外に流しが欲しいな……。片付けと名のつくものは面倒でしょうがない。

魚を開くのはかなり久しぶりなのだが、覚えているものだ。頭やら内臓やらをコンポストに放り込んで、井戸端を綺麗にする。アラ汁はまた今度。

外で作業をしている間、近所——といっても結構離れているが——の柊(ひいらぎ)さんの家から、薪割り機の音が小さく響いていた。在宅しているならお裾分(すそわ)けを持っていこう。

キッチンに戻ってマアジを刺身にし、皿に盛る。笊にその皿を載せて、空いた場所には頭を落とした小ぶりのマアジを5匹ほど。

そう、なぜかアジの大きさが揃っていない。普通、ダンジョンドロップは同じ名前のカードであれば、全く同じ物が出るはずなのだが。これもあとで調べよう。

柊さんが魚をさばけるか知らないので、切らずに済むよう整える。この山の川で鮎(あゆ)が獲れると言っていたので、さばけるのかもしれないが、面倒はない方がいいだろう。

こんなものだろうか？　いや、確か最近お孫さんが戻ってきたはずだ。マアジを追加して、濡れ布巾をかけ、準備完了。

庭と呼べる場所を横切り、細い石段を降りる。

この石段も少し手入れをしないと崩れるな。下は以前、畑だったらしい場所。この広さを畑として管理できる気がしない。

というか、既に挫折済みなので、ここには何か手間のかからない木でも植えよう。大きな木は石積みが崩れるか？　ほどほどの木を家側に寄せて植えればいいか。

もう一度石段を降りると梅林で、ここはもう柊さんの土地だ。小川に沿って歩き、梅林を抜けて、欅に囲まれた柊さんの家の裏に出る。

山を買って1年、柊さんが近所にいなければ早々に詰んでいた気がする。この山はもともと柊家の持ち物で、今も大部分が柊さんとその分家である佐々木家の土地だ。

私の家も柊さんの妹さんが売りに出した土地で、土地と古い家屋を、置いてある家財ごと買い取ったものだ。具体的には母屋と納屋の中に残っているものは好きにしていい代わりに、廃棄物の処分も私持ち。

柊さんの妹さん家族はずいぶん前から町に引っ越しており、空き家になっていた母屋はだいぶ傷んでいたが、柱などは無事だったので古材を使用してのリノベーション。

……ほとんど建て替えだが。資材の運送費が馬鹿高いので、これでだいぶ助かった。再利用された立派な梁に柱、思いがけず予定より重厚な造りになった。納屋は状態がよかったので、少し手を入れて車庫兼物置にしている。

「お邪魔します」

薪割り機の音に負けないよう、少々声を大きくして挨拶。

気付いた柊さんが薪割り機を止める。

以前の私は薪割りというと手斧か何かで割るのを想像していたのだが、たくさん使う農家は機械だった。私の家の薪ストーブは柊さんから薪を買う前提で、薪の長さに合わせて選んだものだ。

山の管理――間伐やら新規ダンジョン発生の有無の確認を含む委託も便乗させてもらっている関係で、うちの敷地の分も伐採した木々は適当なサイズに切られて、まとめて柊さんに渡されている。それもあって、とても安くしてもらっている。

機械とはいえ、この薪割りの作業を見ていると手間に合わない金額なのではと思ってしまう。

私は普通の魔石式冷暖房を併用しているので、大量には使わないが、薪ストーブは金もかかるし手間もかかる。冷えたストーブに普通に火を熾して、部屋を煙だらけにしたこともある。温度によってはちゃんと煙突に煙がいかないんですよ……。

薪ストーブに憧れもあったが、現実問題として私の家はダンジョンから離れていて、魔石を使う機器の効率が悪い。

動力となる魔石は、産出したダンジョンから離れるほどその力は弱くなる。暖房は設定を上げても温度があまり上がらないし、冷蔵庫もたぶん普通より温(ぬる)い。

夏は冷房に頼らなくても、ひさしが影を作るし風が通って涼しいのだが、冬は寒い。

市のダンジョンから離れていて、魔石の効率が悪いことが、元の家の主が引っ越した理由の一端でもあるだろう。

って、魔石。家のダンジョンのものに取り替えればいいのか。帰ったら早速入れ替えよう。

「おう。どうかしたか？」

「魚が手に入ったのでお裾分けに。刺身と、こっちはこのまま塩焼きにでもしてください」

柊家も最近母屋の改修が済んで、お孫さんはそちらに住んでいるようだ。

柊さんは母屋は広すぎると、出会った時から離れ屋で暮らしているのだが、今はどうしているのだろう。

あまり無駄口を叩くタイプでなく、私も人と話すのは得意ではないので、聞かないままだ。

「これは珍しい。ちょっと待て」

私から笊を受け取ると、離れ屋に引っ込む。

母屋の改装が済んでも、離れ屋は使っているらしい。しばらくして、ビニール袋を持ってきた。

「佐々木からたまり漬けをもらったところでな。持っていけ」

佐々木さんは柊さんの家より麓にある、柊家の分家。分家したのはかなり昔らしいが。漬物名人らしく、柊さん経由で時々お裾分けが私にも流れてくる。

「ありがとうございます」

さらに納屋の中で風を通していた、じゃがいもと玉ねぎも持たされた。よければ紫蘇をとっていけと言う。

「紫蘇、私でも育てられますか？」

手入れもしていなさそうな一角、青紫蘇――大葉が元気だ。

「ああ、勝手に増える。植え付けの時期とは少し外れるが、何本か土ごと抜いていけ。ただ、赤紫蘇と青紫蘇は側に植えると交配するから、離せ。油断すると庭に広がるぞ」

そう言うわけで、紫蘇を食べる分とは別に何本か頂いた。

柊さんの家には青紫蘇も赤紫蘇もあるが欲張るのもなんなので、青紫蘇の方だけ。青紫蘇の方が薬味として普段の料理に利用する、と思う。私が知らないだけな気もするが、赤紫蘇は漬物に使うイメージだ。

直射日光に当てすぎると、香りは良くなるがごわごわに、かと言って陽が当たらないのもよくないらしい。で、常にやや湿った土が好きなのだそう。

行きよりだいぶ重くなった荷物を抱えて、家に帰る。

じゃがいもや玉ねぎは、土間にある棚に仕舞い、摘(つ)ませてもらった紫蘇は流しで水につけておく。

庭の東、もらってきた青紫蘇を植えることにして、納屋からシャベルを出してくる。地域によってシャベルと呼ぶものとスコップと呼ぶものの形状が違うが、手にしているのはＪＩＳ規格のシャベルである。

水を好むのなら少々深く掘って、土が保水できるようにしなくては。ということで、しばし労働。

……なぜ私は木の側に植えようなどと思ってしまったのか。それは少し日陰にと思ったからだが、なんだ、この障害物(ねっこ)……っ！

納屋から野菜用の土を持ってきて、重労働の末無事に植え付け、水をやって完了。そのまま家庭菜園の手入れをする。

トマト、ナス、インゲン、キュウリ――。苗は本格的に畑をやっている柊さんから分けてもらった。

地植えにせずに麻袋に土を詰めて植えていたり、プランターに植えているものもある。全部少しずつ、来月にはまたちょっと種類の違う野菜を植えて、時差で収穫できるよう頑張るつもりだ。

私の植えた野菜が食えるのはまだまだ先なので、キッチンに戻って買ったキャベツを千切りに。大根のツマを作るために桂剥き——ああ、大葉も欲しいな。青紫蘇は柊さんにもらったが、茗荷、小ねぎ、生姜あたりも魚料理のために作ろう。

家の東側を小川が流れているが、そこでセリと山葵は育つだろうか？　難しいのか？　山葵は難しそうなイメージだ。

ドロップしてくれればいいが、最近は育てるのも楽しいので菜園もどきは続けよう。

素揚げするのに良さそうな野菜を見繕い、再び井戸端で今度は自分用のアジをおろす。小アジは頭と内臓を処理して、南蛮漬け用に。大きめのものは刺身用に三枚おろし、そしてアジフライ用に背開きで——身側に残るヒレの骨を取ったら穴が開いたが、まあパン粉をつけてしまえば分かるまい。

次に油の準備。南蛮漬け用の小アジを骨まで食べられるようにゆっくり揚げる。アジフライは身がパサつかないよう、短時間で揚げて、余熱で火を入れることでふっくら仕上げる。

我慢ならずにビールを開ける。揚げ物とビールの相性はたまらん。キャベツの存在を思い出して口に運び、アジフライ第2弾を揚げ始める。酒を飲みながら油を扱ってはいけないのは重々承知、だが我慢が利かなかった。

アジフライも身が厚いアジを使うと、ふっくら具合が素晴らしい。サクッと齧(かじ)って、さらさらとした熱い脂を冷たいビールで流す幸せ。

刺身は風呂上がりに一杯やるつもり。いつもより酒量が多いが、運動したし、今日くらいいいだろう。

まだ陽のあるうちからビールというのも微(かす)かな背徳感を伴って、贅沢(ぜいたく)だ。

《――県に上陸した魔物は25層リトルコアと判明。自衛隊と有志の冒険者によって本日午前9時に討伐されました。今後、他のリトルコアの上陸もあり得ますので、引き続き警戒してください》

市のダンジョンへ向かう車の中、ラジオからニュースが流れる。

海からの魔物の上陸は年に数回ある。今回は浅めの層の魔物だったが、びっくりするぐらい深い層の魔物が現れることもある。

　ダンジョンの中と違い、地上では冒険者の数を頼みに畳みかけられるのでなんとかなっているが、海辺の町は落ち着かない。

　リトルコアは魔物たちに影響を与え、外での活動を可能にするが、冒険者の方も変転できるようになるのだから、やはりリトルコアが持つものはダンジョンコア的なものなのだろう。誰も見たことがないが、最深層にダンジョン形成の中心となるコアがあると考える者は多い。

　朝、早めに町のダンジョンに出向き、回復薬の作成。どうせ【封入】するうえ、すぐに使うのだろうが、回復薬には使用期限がある。作り置きを売ってもいいのだが、新しく作っているというポーズはとっておかんと。

　生産ブースは、ダンジョンの1部屋目にある。

　1部屋目には魔物が出ず、ダンジョンによる吸収現象が起きないため、生産のためのスペースの他、装備を売る店舗、変転や【封入】【開封】ができるロビーなど、さまざまな施設が詰め込まれている。1部屋目が広いダンジョンがとても高く売れる所以（ゆえん）だ。

　ダンジョンの外にもホームセンターや、ダンジョン産の食材を扱う店などが立ち並び、さらに周りにはダンジョン素材を加工する店などもある。今発展している都市は大抵大規模から中規模のダンジョンを抱えている。

民間企業や大学が、商品の開発などの実験や、ダンジョンの性質を研究しているところもある。大抵それらのダンジョンは非公開だ。

このダンジョンで最も有名なパーティーのリーダー、ツバキは大学の研究員を兼ねているような話も聞く。薬の取引相手なわけだが。

ダンジョンを活用するようになって、学業は最低限でいいと考える者も多くなった。それに危機感を抱いたのか、政府が飛び級制度を真面目に整備した。結果、20歳前で博士課程中というのも珍しくはない。

もちろん基本の年数を学生として過ごして、外で就職して、週末をダンジョン——というのが大多数だが。

そういえば『黄金アジ』、外の世界にはいないレアなアイテムか何かかと思ったんだが、根付きアジとか瀬つきアジと呼ばれる、浅瀬に棲んでいるマアジだった。そこから動きたくなるほど、餌が豊富で——マアジの中でも美味しいらしい。

同じもので、育った環境が違うだけで別の名がつくというのは、ダンジョンドロップではあまり聞いたことがない。私としては美味しければいいのだが、研究したい奴もいそうではある。

11時、ダンジョンにある貸部屋で依頼者に回復薬の納入。面倒なので基本ギルドにしか卸していないのだが、このパーティーとはギルドに届けて直接取引している。なぜなら面倒さを上回る金払いの良さがあるから。

「検品を」

箱に入れられた回復薬をテーブルに置いて声をかける。

緑の液体は怪我の治癒と生命の回復1：9、赤い液体が体力の回復、青い液体は気力の回復。赤と青の回復量は2種類、1ダース入りを1箱ずつ。

貸部屋には私と女性2人。そのうちの1人は取引相手の代表者、ツバキ。本名を佐々木椿という。漬物上手の佐々木さんの孫だが、親しくはない。一度だけ柊さんの家で遭遇したことがあるが、それだけだ。

攻略パーティーの主要人物として有名なので、私の方は印象に残っているが、相手からの私の認識は取引相手の1人くらいのものだろう。

生身は今時珍しい真っ黒な長い髪と白い肌が、清楚というよりは凛々しさを感じさせる女性なのだが、今目の前の『化身』は凛々しいけれど、どこかふてぶてしさも感じる。

格好は短い上着、スカートはヘソ下、膝上。黒いビスチェと白い鳩尾から腹までが見えている。腰骨のあたりに下着なのかなんなのか、黒くて細い布？　細い革？　おそらくV字の下履きの一部が見えている。

外では痴女かと思うところだが、ダンジョン内では薄着の女性が多いので珍しいことではない。『化身』は生身より少し若い。武器は、白木の鞘に納められた、鍔のない長脇差。私の得た刀が、優美で斬るタイプだとすると、ツバキのそれは叩き斬るタイプというか、刃が鉈を思わせる肉厚の刀だ。

ダンジョンでの姿は、３人に１人くらいの割合で性別が変わり、５人に１人くらいは生身の面差しが残り、10人に１人くらいの割合で種族が変わると言われている。

私と違って生身の面影があるような？　ダンジョンの外でも中でもモテるようだが、本人は相手にしていないらしい。

生産の依頼を受けるのもダンジョンの中なら、渡すのもダンジョンの中。お孫さんの方は、私の『化身』の姿しか覚えていないはずだ。連絡は冒険者ギルドを通して。カードの交換もしていない。

「では失礼するよ」

そう言って、控えていた女性にツバキが目配せする。

回復薬を検分し始めたのは、このパーティーのさまざまなサポートを担う【鑑定】持ちの女性だ。冒険者名はスズカ。

【生産】と【鑑定】はリトルコアで出るカードの中では比較的出やすい、次いで【収納】【投擲(てき)】【魔法】。

リトルコアから出た【鑑定】は、強化しても装備の鑑定に留(とど)まるのが普通だ。それでも自分に使用したことのあるアイテムの鑑定はできるため、薬の効果の確認には役に立つ。

私は持っていない能力。生産の時に成功させたという感覚はあるが、同じ色の液体の入った瓶が混ざると、回復量の見分けがつかなくなる。実際にはタグをつけているので混ざることはないが。

ギルドには『運命の選択』で得た【鑑定】持ちが何人かいて、対象とのレベル差の影響は受けるものの、こちらは人物や魔物の鑑定もできる。

「今回も全て依頼の値ピッタリです。瓶の薄さも均一、すごい……」

スズカがツバキに報告する。

生産物は出来に揺れが出る。他はあまり問題がないのだが、回復薬は、削られた体力や気力分に対して、回復に使われた量に余剰が出た場合、それは魔物寄せの薬へと変わる。一時的なものだし効果範囲も薄いのだが、シビアな攻略をしている者にとっては大問題となる。

瞬時の判断を必要とする場面で、瓶ごとに回復量の確認などしていられない。全て同じ回復量で揃える。多すぎても少なすぎてもいけない。

私の回復薬は大量納品の時は買取額が上がるのだ。

ちなみに体力と気力は、その人の頭上に減った時の数瞬の間、ゲームのようにバーが表示される。能力によっては、成長分岐で『ライフキーパー』とかいう、ずっと表示が見えるようになるものもある。

そして回復薬や魔法などで回復を続ければ、無限に動けるというわけでなく、ある時を境に気力も体力も上限値が減っていく。例えば上限値が１００だとすると、最初は１００まで戻っていたものが、90までしか戻らなくなり、その値は回復を繰り返すうちに減っていく。

限界値は『生命』を一度にごっそり減らしたりしても減る。

生命０は『化身』の剥奪。生命が残った状態でも、気力と体力が両方０になると『化身』が解かれ、生身になる。

なお、『化身』の怪我に関しては、自然治癒するのだが、気力体力が高い状態ほど治りが早い。もちろん傷薬などで瞬時に治すこともできる。

「相変わらず素晴らしい腕だな。またよろしく」

「ああ。こちらこそよろしく」

無事今回も取引成立。

背を向けると、ツバキたちが早速カードに【封入】を始める。

取引していた部屋を出て、余分な回復薬をギルドに売って本日の仕事は終了。自分の分とイレイサーに渡す分の薬のストックはコートの中だ。

ブランクカードに【封入】しておけば劣化はないが、私の【収納】は残念ながら時間経過がある……ということにしている。

このダンジョンのギルド職員には、私が『運命の選択』で手に入れた能力は、【収納】ではなく【生産】だと思われている気配があるが、誤解は解かずそのままにしている。

とりあえずカードはコートのポケットに入れている。ポケットの中から【収納】しているわけだが、周囲からは分からんだろう。

私が【収納】持ちなことを知っている相手——一部のギルド職員には『変転具』にも触れるようにして、リトルコアから得た能力だという誤解を助長させている。

実際には分岐とか進化と呼ばれるものの条件を満たすまで強化をし、『時間停止』など主要な拡張は手に入れている。一般人では到底叶わないレベルなのだが、まあ、その分運搬の仕事でも政府に散々使い倒されたしな。

個人的な強化で増やした収納個数枠は、自由にしてよかったので、酒の出るダンジョンに派遣される度、そっとカードをストックしていたのは私だ。あとは調味料の類を優先に、涙を飲んで諦めた食材もある。

代わりに現地でたらふく食ったが。

【鑑定】と同じく、『運命の選択』以外で入手した【収納】も進化させるまでもっていくのはなかなか厳しい。

強化の際、『運命の選択』で得た私の【収納】のキャパが一度の強化で3から5個ずつ増えるところ、初到達の【収納】は2から3個、リトルコアの【収納】は1から2個だそうだ。

一旦自分の生産ブースに戻り、ブース契約者用の通路を行く。そこからさらに一部の契約者専用の通路へ。この通路の定員は先着1名様、誰かと鉢合わせることはない。

外に出る前に変転を解いて元の姿に戻る。生身の私は中肉中背より少し背はあるが、特徴のない平凡顔だ。髪は黒いし、瞳も黒い。格好はスラックスにTシャツ。

さて、飯を食って買い物をしよう。

昼飯はステーキとハンバーグの店。小型のパンの食べ放題がついている。このダンジョンは豚系と牛系の魔物が出るため、豚肉と牛肉が安い。鳥肉も県内にドロップするダンジョンがあるため、他所(よそ)よりは安めだ。

鳥肉は産出するダンジョンが多いので全国的に手に入りやすい方、野菜は種類によってはバカ高い。ダンジョン産ならばカードで【収納】持ちが運搬できるが、野菜を産出するダンジョンは少ないのだ。

一般の車は積載可能な重量が少ない、トラックは何キロだったかな？　トラックは魔石にリトルコア級が必要になるので運送料が高くなる。そして魔石の排出されたダンジョンから離れるほど速度が遅くなるので、遠出のハードルが高い。

ダンジョン出現以前と比べ、人の移動もものの移動も時間と金がかかるのだ。

【収納】持ちで、配送業の運転手というのは給料がいいのだが、強化するには自身でカードを拾うか、金をかけてカードを買うしかない。

大手運送会社は、会社がカードを用意して強化した【収納】持ちを何人か抱えているが、日本全国に全ての物資が毎日行き渡るには到底足りず、遠方から運ばれるものは高くなる。

幸い、米・麦・大豆・塩・砂糖がとれるダンジョンは、肉に次いで多く、食料に限らず国とギルドが作った、基本的な物資を専門に配送する仕組みがある。

だが、その他のものについてはまだまだだ。リトルコアの魔石にも【収納】持ちにも限りがある。

だからこそ、【収納】持ちがバレると隣のダンジョンに買い出しに付き合ってくれとか、他所で仕入れてきたものを売る商売をしようだとか、面倒なのに絡まれやすいのだ。

私が住む場所としてここを選んだ理由は、ダンジョン産の肉の種類と、豊富な種類の野菜が生育可能な気候であることが大部分を占める。山で平地が少なく、野菜は量産ができないため、商売にしようとするときついが、自分で食う分には十分だ。

まあ、家庭菜園の広さであっぷあっぷしているので、自給自足には遠い。できれば柊さんと被らない野菜を作って交換といきたいところなのだが、現実は栽培が易しいものでも出来がいいかは怪しいところ。

焼きたてのパンが籠に追加されたところを見計らって、取りにいく。ハンバーグを一口、パンを割って一口。まあまあかな。

ダンジョン以前は家庭でも使っていたという胡椒が高級品、何度か使っている料理を食べたことがあるが、このハンバーグは胡椒などの香辛料はなし。だから手頃な値段で食えるのだ。

移住理由のもう一つ。この市では食を推しているらしく、美味い店が多いのと、食材と調味料の類を扱う店が揃っている。くそ高いが以前いた場所では、もの自体がなかった食材を扱う店が2、3軒はある。

香辛料、バターあたりも家のダンジョンで出るといいな。早くダンジョンに潜りたいのだが、まずは義務を果たそう。とりあえず家で生産ができる体制を整えることからだ。

最後に水を飲み干し、上機嫌で店を出る。家のダンジョンのことを考えれば、浮き立つのは仕方ない。

先に外のホームセンターで棚と作業台の値段を見る。分かってはいたが好みのものがない。このダンジョンにいる生産者で、家具を作るとか、木材を扱うというのも聞いたことがない。そもそも、このダンジョンで出る主要な生産素材は豚皮と牛皮、布だ。

棚と作業台は建具屋に頼んで、自分で組み立てる方がいいだろう。母屋を解体した時の余りの木材を買ってもらったり、家の中の建具を頼んだ建具屋がある。

棚は早々に諦めて、一夜干し用のネットと出刃包丁などを、うきうきしながら購入。ああ、酒用の冷蔵庫がある……。待て、自分、冷静になれ。散財しすぎだ！　まず必要なものを揃えてからだ。

——俺、マアジが高く売れたら酒用の冷蔵庫買うんだ。

などと心のうちでフラグ立てる遊びをしながら、本屋に移動。

ここで弾丸製作関連と装備修理の基礎の本を購入。他にも趣味の本を何冊か。本の値段は高いことは高いが、大丈夫、冷蔵庫よりは安い。

一度車に荷物を積む。私の車は積載量が運転者含めて１５０キロ。今のところ助手席に人を乗せたこともないし、これで足りている。積載量を増やすと魔石の使用量も多くなるし、こんなものだ。運送や移動については、なかなかダンジョン前に戻るとはいかないようだ。

再び『化身』に変わり、ダンジョン内の売店で【生産】用の道具の買い出し。回復薬用は揃っているが、新しく弾丸用の道具を揃える。

プライベートダンジョンの生産設備は、やはり【収納】持ちがいる業者に依頼だった。もしくは仲のいい【収納】持ちの冒険者に依頼しましょうコース。

プライベートダンジョンで素材が出るなら、自力で材料を集めて自力で作りましょうというのもあったが。

他に弾丸製作に使うカードを何枚か買う。アイテムや装備の類は、手作業で普通に作ることもできるが、設計図と呼ばれるカードを使って、半分自動で作ることも可能だ。この自動は、【生産】を強化することで出る、分岐の能力と似ていて、仕組みを知らずとも出来上がる。

手作業で作ったものはダンジョンの外でも普通に――ダンジョン内でだけ発動する能力は別として――使えるが、設計図を使って作ったものは、ダンジョンから持ち出すと壊れてしまう。

まあ、外で使うものは素材を運び出して、能力を使わず外で普通に量産しとるしな。

ちなみに外で作ったものをダンジョンに持ち込むことはできる。【収納】も【封入】もできないし、火薬は火をつけても爆発せんが。

他に設計図を使った時の違いは、品質が一律かそうでないか。【生産】の能力を含む手作業で作ったものは、当たり前だが品質にばらつきが出る。

同じ装備でも腕のいい生産者が作れば、効果は1割増し程度になるし、逆に不慣れな者が作れば1割減どころかダメにしてしまうこともある。着心地、使い心地も雲泥の差だ。

どっちにしても設計図のカードは高いので、弾丸のような消耗品で恒常的に使うものではない。

私がカードを使う理由は、作業工程を覚えるのに役立つからだ。やはり文章や図説より、自動であるものの一度作るということは作業のコツを掴みやすい。

さて、来たついでにシャツでも買って——いや、自分の防具も見直さねば。浅い層ならともかく、ある程度真面目にダンジョンに通うのならば、今の装備では心許ない。

政府で働いていた時の装備は、返却している。あのレベルを揃えるには金だけでなくツテも必要だろう。命の危険があるような層に行くつもりはないし、高望みせずにいこう。

まずは『白地図』。これは、ダンジョンのマッピング機能があるアイテム。通常1層で1枚、1層が規格外に広い場合はさらに必要になる。

ちなみに市のダンジョンは、19層までマップを公開しているので、攻略者以外が『白地図』を買うのは稀だ。なのでドロップ率に比べて、安い。

ノートと鉛筆を持ち込んでもいいが、それなりの技術がないと不正確になる。全ての層を

『白地図』でとなると結構かかるが、必要経費だ。――本音を言えば1層のマップのメモが死ぬほど面倒だった。

その他、必要なものを少し購入したら、今度は装備だ。カード類の販売ブースから、装備の販売ブースへ移動。

「下着は白か、ストライプか、レースか。カズマはどれがいい？」

移動途中、昼前に聞いた女性にしては低めの美声が耳に飛び込んでくる。内容がひどい。

「ツバキ、私に聞け。なんでカズマ」

愉快そうに笑っているツバキに少女が言う。

佐々木椿と佐々木一馬。姉弟だが真面目な椿と違い、少々品行が悪い一馬。冒険者名はそのままツバキとカズマ。同じパーティーでどちらも有名人なため、私以外も足を止めて遠巻きに眺めている者が何人か。

ツバキは生身でもきりりと背筋の伸びた女性だが、『化身』でもそう印象は変わらず……つまりは女性もの男性ものにかかわらず、人前で下着を広げて見せるような性格ではなかったと認識していたが。

カズマの隣に他に2人いる、こちらは男と女。可憐な少女、儚(はかな)げな少……年か？　計4人が女性ものの下着売り場で騒いでいる。

「その方が面白い。これなんかどうだ？」

真面目な顔をしたツバキが、レースつきの下着のセットをカズマの方に向ける。

「やめろ！　俺に向けるな！　俺に聞くな！」

通路からツバキたちのいる店のブースに向かって喚くカズマ。

いや、そこから去ればいいのでは？

カズマは大太刀を使う戦士だ。外でも大柄な方だが、『化身』はさらにでかい。目立つ。

「喚くと余計目立つぞ」

上機嫌に見えるツバキ。

カズマとは仲があまりよろしくないような印象だったが、改善したのか？

「カズマが愉快だ。これなんか、いいのではないか？」

「ツバキ、下着を買いに来たわけではないです」

カズマの隣の男性から困惑したような声が上がる。

一体どういう状況なのか。とりあえずおじさんには理解できそうもないので、退散しよう。

ツバキたちと取引があるとはいえ、プライベートに関わるつもりはないしな。

「ふふ。初恋の君とはいえ、カズマはレンに弱すぎだろう」

やりとりを背に、人を避けて売り場の通路を進もうとして立ち止まる。

レン？

「レンとユキの装備だろ！　下着（それ）はあとで個人的に買う物！」

カズマが強く言う。

レンとユキ……イレイサーの2人か。少女の方がレン、少し性別不明気味な少年がユキか？　住む場所が近いとは黒猫が言っていた。ギルドが管理するダンジョンはこの辺りにここしかないので、いつか会うだろうことも。

まさか昨日の今日で遭うとは。私と同じく、装備を揃えに来た、というところか。それでなぜ下着売り場で騒いでいるのか知らんが。いや、1部屋目（ここ）にあるということは、なんらかの能力がついている下着なのか。

そういえば、女性の姿をとる『化身』は、割と下着が見えるような姿で戦っているような？　私が知らないだけで、もしかして下着が防具の主体なのか？　やめよう、おじさんが真面目に考えることじゃない。

2人はおそらく、私がイレイサーについて詳しくないと思っている。実際は、イレイサーの姿だけでなく、もう1つ本来の『化身』を持つことも知っているので、姿が変わっていても驚かない。

生身の姿は依然不明だが、佐々木姉弟と親しく最近まで話題に上らなかった存在――まさか、柊さんの孫じゃないだろうな？　確か、幼い頃はこちらに住んでいて、親の都合で引っ越したが、また戻ってきた、と聞いた。

いや、それはさすがに住んでいる場所が近すぎる。ないな。だが、あの黒猫、やる気があるのかないのか分からんかったしな……。町ごとダンジョンを崩落させて始末してしまった方が早い、とか思っていたりして。

まあいい、2人の存在には気付かなかったフリをしておこう。たとえイレイサーだとしても、ダンジョンのあれこれは、ツバキとカズマがいれば大丈夫だろうし、放置で。

再び歩き出し、さっさとその場を離れる。

このダンジョンで販売しているものは豚皮の装備が多い、特産品が豚だからな。浅めの層と深めの層と2種類の豚系の魔物が出る。あとは11層以降のスライムがたまに出す布。牛はもっと深い層。

布装備も人気があるが、10層に出るリトルコア以降のドロップということで、布と深めの層の豚革装備は値が張る。牛革装備も当然高め。

なめし固めた革の装備は思ったよりも固く、軽い。最初は、剣道の胴装備のようなものをコートの下に着るのが無難か。

運命の選択で授かった装備は時間経過で修復されるが、生産品はどうしても傷む。修理しつつレベルと層に合わせて買い換えていくものだ。高い装備を浅い層でダメにするつもりはない。

あとは、とりあえずブーツを――

「嫌。やめて、やめて」

胴装備を手に取り、移動しかけたところで聞き覚えのある声。

「ツツジ」

スーツ大好きツツジさんだ。

相変わらず少し離れた壁に半分身を隠しながら、こちらを見ている。

先ほどのツバキたちもそうだが、『化身』になってダンジョン内にいると、どうも社会的規範から少々逸脱するというか、年齢や姿形から解放され、少々奔放になるようだ。私も『化身』では面倒なものに対して冷たく、口が悪くなっている自覚はある。

「その姿でそれはやめて！　スーツ、スーツ」

必死に訴えてくるが、私には選ぶ自由がある。

「生産はともかく、今度できれば11層以降にも潜るつもりなので」

このスーツの装備で、それがあまりよろしくないことはツツジさんも知っているはずだ。

魔物が層を進むごとに強くなるとはいえ、９層までならほとんど外の服と変わらない装備でもいける。だが、リトルコアを越えたところで、出現する魔物が段違いに変わる。

運動がてらダンジョンにではなく、きちんと装備を整えて行く場所だ。

――もっともそれは、初心者や生産者よりだった場合だが。私はもともと、防具としてコートが基本にあるので避ける方向だ。実は広範囲な能力を使ってくる魔物が出る層までは、防御についてあまり心配していない。

「スタイル、顔、細身のナポレオンの超ロングコート。無理、スーツ以外は無理」

「防御面で人の趣味に付き合うつもりはない」

私がこのスーツを着ているのは、第一に生産メインだったから。

次に防塵や形状記憶などに優れており、手入れがいらない。そして何より格安。

ツツジさんの知り合いにほぼ実費で作ってもらった――頼んだのは私ではなくツツジさんだが。おそらく代金の代わりに何か作り返したのだと思う。ツツジさんは革系統に特化した生産者で、靴やベルトはツツジさんの作だ。

「作る、作ってもらう！」

「高い」

ツツジさんはスーツに対して変態だが、有名な生産者だ。

同じく、スーツを作ったアイラさんも。

簡単に手に入る素材で作り、ほぼなんの能力付与もなかったため――防塵や形状記憶は、レベルの高い生産者の生産物には何をするでもなく付随してくる——私でも手が届いた。生産者の名前の付加価値はツツジさんの依頼なため、プライスレス。

だが普通は、ツバキなど有名冒険者がオーダーを入れる相手だ。お遊びで作ったものならばともかく、攻略用の装備はとても手が出ない。昔ならともかく、今は家や食に金をかけたい。

「お願い、せめてもっとカッコいいのに……」

メソメソし始めたツツジさん。

鬱陶しい。

「ツツジ様、豚の皮でオオツキ様に似合う防具をお作りになられては？」

私が無視して行こうとする一歩手前で、割って入ってきた声。

ギルド職員の田中さん。職員は制服と『運命の選択』で得た装備を組み合わせている。胸のあたりにある肩が出ているケープというか、幅広の帯のようなものにどこの所属か分かる刺繍が入っている。田中さんは生産ブースの管理責任者だ。

ギルドの意向は、ツツジさんとアイラさんにこのダンジョンに残ってもらうこと。今まで2人はさまざまな素材を試しに、あちこちのダンジョンを移動してきたらしい。

おそらくここへも、このダンジョンから出る布と、豚系の魔物の皮と牛系の魔物の皮が目当てで来たのだろう。私はその肉目当てで越してきたわけだが。

ところでこのダンジョン、最初の部屋が広いとはいえ、無限ではない。

生産ブースには限りがある。国の下部組織であるギルドの料金は明朗で、高いことは高いが吹っかけているほどではない。

生産ブースを1年間借り切るというのは、実は金の問題ではなくギルドへの貢献やコネの問題だ。

回復薬の生産者、よく出るレベル帯の装備の生産者、テントなど戦闘以外で必要になる装備の生産者、料理生産者あたりは一定の枠が設けられ、大抵ギルドが指名して年単位で契約する。設備は個人持ちで入れることになり、又貸し禁止なため個人ブースとも呼ばれる。

残りのブースは時間貸しで予約抽選のうえ、空きがあれば先着で貸し出し。抽選ブースは基本、ギルドが生産設備を揃えた部屋で、土日や仕事帰りの時間帯はだいぶ倍率が高いらしい。

で、このダンジョンに来て間もない私が個人ブースを借りられているのは、簡単に言えばツツジさんの餌だからだ。表向きはコンスタントに一定品質の回復薬を納入可能だから、ということになっている。

「オオツキ様も同じ値段であれば、防御性能が高い方がよろしいのでしょう？」

「生産者に信条を曲げさせるのは好かん」

そりゃあ、安くて確かな性能の防具の方がいいに決まっている。

ただ、私が適当に生産をしている負目があるせいか、一流の生産者の流儀というものに憧れが少々。便利に着ておいてなんだが、ツツジさんとアイラさんには意に沿わない生産をあまりしてほしくない。

「あら？　ツツジ様の信条第一はスーツかと」

頬に手を当てて、困ったように首を傾げる田中さん。

「カッコよくても革装備はスーツじゃない。スーツー、スーツー、スーツー」

……。

このスーツと鳴く生き物は、本当に素晴らしい生産者なのだろうか……？

「じゃあアナタは防御力の高い靴を作りなさいな。スーツはアタシが作ってあげるわよ」

「アイラ様」

通路を来る巨漢に、田中さんが頭を下げる。

布系防具を手がけるアイラさん。ピンク色の髪に、厚い胸板、ピンヒール、ぷるんとした唇、性別男。己の筋肉と可愛らしいものを愛する。

「アイラ～」

半べそをかきながら巨漢にすがりつくツツジさん。

ツツジさんは小柄で可愛らしい外見、スーツ以外では引っ込み思案で、恥ずかしがり屋——

と、田中さんとアイラさんから聞いている。私はその状態を見たことがないが。

私の外での姿をおそらく2人は知らないし、私も2人の外での姿を知らない。腕のいい生産者は絡まれやすいため、個人ブースの契約者は、どのブースの利用者か分からないよう出入りなどが配慮されている。通常の冒険者より身バレしづらいのだ。

まあ、生産者であるないにかかわらず、外の自分とは切り離しておきたいという人は多いので、そういった通路は他にもある。

外では強面で通している魔法少女とか、同じ会社の人にマッチョ髭を認識されたくない女性とか。

ダンジョンが現れた初期よりは、そういうものだと割り切り、『化身』とのギャップを隠す人は減ったが、いなくなったわけではない。ダンジョン出現以前の雰囲気を引きずる、50以上の年齢の方々には抵抗が残っているようだ。

あとは単純に、ダンジョンの攻略を配信している有名人などで、素性を知られたくない人もいる。

「そんな顔しないの」

ツツジさんの背中を軽く叩きながら、私に向かって言う。

分かりやすく渋い顔をしていた気はする。不本意なものを作ってほしくはないが——まあ、本人がいいならいいのか。ツツジさんが田中さんの言葉に一時的にその気になったのでなければ。

「アタシたちが鬱陶しいのは分かるけど、手に入るものだけ考えれば、悪い話じゃないでしょ？　付き合ってちょうだい」

小さく笑って言うアイラさん。

アイラさんを鬱陶しいと思ったことはないし、誤解されていることは分かっているが、わざわざ否定するのも面倒なので黙っている。ツツジさんが少々鬱陶しいのは否定しない。

「ツツジ様もアイラ様も、たまには初期の手順を思い出されるのも気分転換になっていいかと……」

にこにこと田中さん。

「そちらがいいのなら、私に否やはない」

そういうことになり、防具は生産に来た時に受け取ることにして、その場をあとにする。後腐れがあるならともかく、相手がいいと言ってるものを、固辞するのも面倒だ。

私の靴の型もスーツの型紙も既に2人は持っている。『化身』は何か特殊なスキルででもない限り、老いることも姿が変わることもない。

次に向かうのは生産物の買取ブース。

ドロップ品は普通、カードのままでのやりとりになるため、銀行の窓口のようなカードブースに持ち込む。その場でカードの種類と枚数を確認、金額を告げられ同意すれば金を受け取って終了。このダンジョンで出るものの買取額は掲示されているし、時間はかからない。

大口の客——深層や他のダンジョンの珍しいカードを持ち込むか、持ち込む枚数の多い客は、査定に時間がかかるため、融資窓口のようなパネルで仕切られた場所での取引になる。

カードから出した状態の素材のやりとりは、ダンジョン内でなく、外に売買の店がある。うっかりダンジョンの外に持ち出せない素材を【開封】してしまった場合は、中の買取ブースで対応してくれるが、値が下がる。

私は生産物の買取窓口の方が馴染みがあるので、そちらに。生産物は大きさがまちまちで、検品作業があるのでお互い対面で座るか立つかしてやりとりをする。

そしてここは融通がきく。本来ダンジョン登録の手続きをする窓口は別なのだが、ここで受けてもらえる。これもツツジさんの餌の特権。

「オオツキさん、また納品ですか？」

顔見知りのギルド職員が対応してくれる。

私は個人ブースを与えられている関係で、四半期ごとに定められた本数をギルドに売ることになっている。なので薬を売りにくると納品と言われる。

「いや、ここだけの話、自宅にダンジョンができてな。登録をここで頼んでいいか？」

「あら、おめでとうございます。でも、ナイショなんですね、分かりました」

唇に指を当てて笑う藤田さん。話が早くて助かる。

昼前に回復薬を売りにきた時にはいなかったので、午後からのシフトだったのだろう。一応この窓口の誰に頼んでもいいことにはなっているのだが、イレギュラーなことはなるべく信頼できそうな人に頼みたくて、藤田さんの午後の出勤時間を待って出直したのだ。

「登録用のドロップカードはこれで。で、ドロップの査定と買取もお願いする。1枚は藤田さんに進呈する」

それくらいには親しい。

確か年間12万円だかを超えなければ、売買も税務署やらに引っかかることはない。――ん？譲渡はもっと上の金額まで大丈夫だったかな？

あとで調べよう。

「あら、ありがとうございます――これは、確かにナイショにしたくなりますね。魚は珍しい」

差し出したカードを確認して表情を変える。

昼直後で他に納品の客はいないが、それでも藤田さんの声は後半、小声になった。

「海のない県よりは安くなってしまいますが、ここは海岸からの便も悪いですし、それなりの額がつきます。──こちら、鷹見の方へは？」

「お願いする」

鷹見さんに話がいけば、ギルド内の情報の取扱いにも気を使ってもらえるだろう。

鷹見さんというのは、ツツジさんとアイラさんを留めるために、あれこれ画策している大元だ。私に生産ブースを借りないかと持ちかけてきた、ここの上役。

個人ブースの話は、守秘についてツツジさんやアイラさんと同じ扱いにすることを条件に受けた。ついでに敗北した飯屋の予約。

話を持ってこられたのが、電話には勝利したのに一見さんはカウンター不可、個室は2名様からという嫌がらせが炸裂して、予約が取れなかったのを引きずっていた時だったので。

時間を気にせず使える個人ブースは、生産に力を入れたい人や、外で普通に働いている人たちにとっては魅力かもしれんが、私は空いている時間帯に来ればいいし、個人ブースそのものにはあまり魅力を感じなかった。

私にとって魅力的な便宜は、出入りに他の冒険者と鉢合わせない通路が使用可能なこと、契約に関する書類などを正規の窓口ではなく、ここの担当者に処理してもらえること。

私は契約うんぬんはツバキたちくらいしかないのだが、個人ブースを与えられるような生産者は個別の取引も多いらしく、誰とどんな契約を交わしたか漏れると面倒になることもあるらしい。

　あと、生産者は単純に引きこもりタイプも多いので人のたくさんいる窓口での書類作業が苦手、これは私もだ。

　隠れようとするのは、種族的特性を経験が強烈に裏打ちしてしまったからな気がする。もう忍ぶ必要はないのだが、つい。

　まあ、有名無名にかかわらず、外の自分と結びつけてほしくないと思う人たちはいるので、私がそうしても目立ちはしない。生身が少女とか思われてるかもしれんが。

「まずはこちら、ダンジョンの登録証です。カードの査定は少々お待ちください」

　藤田さんが特殊紙に印刷された登録証をくれる。

　たぶんこれで、鷹見さんにとって、というよりここを管理する冒険者ギルドにとって、ツツジさんやアイラさんと同じく、私は留まってほしい者の側になったはずだ。個人の技量ではなく、珍しい素材を持ち込む者としてだが。

　不都合が起こらない限り家から近いこのギルドに売るが、【収納】持ちの私は、県内くらいであれば他のギルドに売りに行くのも容易なのだ。長距離、車に乗るのは避けたいが。

　……。

　そういえばイレイサー2人も、カードではギルドに持ち込めない――カードを持ったまま外に出ると消える——のだな。あちら側のダンジョンは鉱石の類が落ちてそうだが、重量は大丈夫なのだろうか。

プライベートダンジョンの持ち主の中には、運搬業者を雇う者もいると聞くが、知られたくないだろうし。

藤田さんが情報を入力するのを眺めながら、つらつらと考える。

装備のカードや『ブランクカード』、『白地図』などはカード1枚につき中身は1つだが、素材はカードの端に書いてある数字の数が封入されている。アジの絵のカードに3とあればアジ3匹が【開封】した時に出る。

カードを落とさなかった敵もいるが、1層で私が倒した数は100を下らない。——黒猫はカードの出る率を上げといたと言っていたが、確かに市のダンジョンよりは出がいい気はした。

全部売ったわけではないのに、魚だけで査定額は15万円近く。売らずにとっている鉛は、このダンジョンでも出るし、大して値はつかないが、他に『覚えの楔』が出ているし、1層の1日の稼ぎとしては破格だろう。

この分なら生産設備を整えたあと、酒用冷蔵庫もすぐ買えそうだ。

約束通り、アジのカードを藤田さんに1枚渡し、上機嫌で家路に着く。

家に戻ってダンジョン2層へ。

下へ降りる階段は昨日見つけている。偶数層はイレイサーとドロップを揃えるためのスライムのはずだ、あまり用はない。浅い層のドロップは、どうせ市のダンジョンで安く買えるものだ。

性格的に一度は全部回るが、以降は全て回ることはしないだろう。さて、さっさと回ってしまおう。

「スライム……？」

スライムまで赤黒い影になっているのだが、なぜだ。

赤黒い姿をとるのは、外の世界にいる存在だと理解していたのだが、どうやら違ったらしい。それはそれとして、全部赤黒いとスライムの種類が分からん。予想ではグリーンスライムなのだが……。グリーンもレッドもスライムは形が変わらんので、これはドロップで判断するしかない。

苦無を投げてさっさと仕留める。スライムを倒すのは慣れているので効率よく倒せる。市のダンジョンは、浅い層はスポーツがてら入る人が多いため、むしろ倒す魔物を探している時間の方が長いくらいだ。

スライムは多少のバリエーションはあるものの、基本の動きがある。慣れれば次の動きを読むのは簡単なので、苦無でも倒すのに苦労はない。深い層になると酸を吐いたり、能力を使い出すので厄介だが。

ドロップはやはり『薬草』のカード。加工前の薬草はよく揉んで草の汁を出し、傷口に貼り付ける使い方をする。傷が治るわけではないが、小さな傷ならば血止めにはなる。傷薬を持っていない場合の応急処置だ。

薬草を落とすということは、グリーンスライムで間違いない。

3時間ほど歩き回って、2層を終える。1層2層は狭めだったので、少なくとも10層まではこのままの規模だろう。

タイミング的にもそろそろ終了して戻る時間。3層のドロップ——ではない、敵を見てから上がろう。

一応、下に降りる階段の前で帰路の確認をする。『白地図』は白と言いつつ、黒色で、通ったところの色が抜けていく。

幸い1層に上がる階段も側にある。3層に降りて、周囲を見渡す。慣れた場所ではないので注意が必要だ。

敵は……鶏？

色が単色でほぼシルエットしか分からんのは、なかなかつらい。

鶏は他のダンジョンでもよく出る部類で安め。豚肉と牛肉を優先した所以だ。だが、いつでも唐揚げの肉が手に入るのは素晴らしい。

鶏と見せかけて他のものの可能性もあるが……まあ鶏だろう。

苦無を投げて仕留める。3層も余裕。おっと、日本刀を使ってみよう。新しい武器だ、それこそ浅い層で慣れなくては。

ドロップは予想通り鶏。

肉の類は部位単位だと思っていたのだが、カードには羽根をむしられた丸どりの絵が描かれている。絵から文字に目を移せば『若鳥』と。

丸のままなのか？

絵は羽根をむしり、頭と足を落とした状態。頭と羽根と足先を取り除いてあるものは「丸どり」、そこから内臓が抜かれているものが「中抜き」だったか。絵からはどちらか分からん。

それに大抵のドロップはもっとおおざっぱな表記だ。『鳥肉』だったり『鳥の胸肉』だったり。種類や産地の記載があるカードは、ものによるところもあるが高い。3層で種類記載のカードなら、深い層のドロップはとても期待できる。

それにしても丸のままかと不思議に思いながら、次の敵を探す。

結果、やはり丸のままの絵が描かれた『若鳥』がドロップした。

なお、羽根は羽根でドロップ、他に卵。鉱石が少しに武器の強化カード。魔石が少し。

本当に丸のままドロップするようだな？

テンションを上げる私――だが、もし牛が出てコレだったら解体はどうすればいいのか。まあ、ドロップしてからの話だな。

しまった。「丸どり」に気を取られて、日本刀を忘れた。武器を持ち替える――苦無は左でも使えるよう練習するべきか？　余裕がでたらしよう。というか、そこまで本格的に潜る気はない。

いや、深い層の食材は魅力的だ……。おかしいな？　当初の予定では、気楽に適当に危険なく、だったのだが。欲、欲が。

「【魔月神】」

真っ黒な鶏に向けて剣を構え、振り下ろしながらスキルを放つ。

振り下ろされた刀身は黒く消え、刀身があるはずの場所の周りに繊月(せんげつ)のような、細い白く淡い光が現れ、魔物に吸い込まれる。

説明によれば状態異常がつくはずだったな。――あかん、オーバーキルでどんな効果か全く分からん。３層の魔物にスキル使用って大人気がなさすぎた。

うっかりまた時間を忘れそうになって、帰宅。

『若鳥』を一つ【開封】、絵の通り丸のままの鶏だった。ぶら下げて外に出る。

台所に行ってお手本の動画を見ながらさばく。ダンジョン産のもののいいところは血抜きを含め、締め方が完璧なところ。血なんか最初からなかったような具合だ。

ツボ抜きした内臓は部位ごとにバットに並べて、捌いた肉も部位ごとに。そのうち丸焼きもやってみたいが、さすがに１人ではちょっとな。

今日は焼き鳥にしよう。ネギマはネギがない。モモ、皮、砂肝――一つを半分に切って――レバーとか砂肝とか１羽分では微妙だが、ちょっとずついろいろ食えるので良しとしよう。

うーん、冷蔵庫をもう１台入れるべきだろうか……。丸のままでドロップされると、さすがに一回で食べ終わらない。

それにキャベツをはじめ、野菜を肥料の空き袋にこれでもかと突っ込んだような量で頂くので、冷蔵庫がいつも満杯なのだ。野菜庫をはみ出て、通常の冷蔵場所を野菜が占拠している。

柊さんのところは納屋にも冷蔵庫を置いてるんだよな。酒の冷蔵庫より、２台目の普通の冷蔵庫が先に必要なようだ。

以前の母屋に通し土間があり、自給自足を目指していた身には便利そうに見えたため、この家にも土間がある。大きめのタイル敷きで、一部板の間にしたのだが、十分広いし、流しはつけてある。冷蔵庫を置くなら土間にだろう。

こう、梅酒や漬物などの保存場所も作ったし、家だけは整えたのだが、肝心の畑に挫折という体たらく。いや、大丈夫だ。ダンジョンのおかげで活用できそう、結果オーライ。

生産や攻略のための準備に出費がかさむが楽観的。魚の買取価格がよかったことが大きい。まだ倒した魔物の復活までどれくらいかかるか分からないのであれだが。

魔物の復活速度はダンジョンによって違う。大体3日から5日くらいで復活することが多く、記録された最も早い復活は6時間、遅い復活はひと月。ドロップを手に入れるためには早い方がいいような、攻略を進めるためには遅い方がいいような……。

さて、焼き鳥はグリルに突っ込んだ。一応、サラダでも作るか。あとはビール！　ああ、少し高い日本酒も欲しいな。――それは5層に到達したらにしよう。さすがに財布の紐が緩すぎだ。

魚のドロップで舞い上がっていたが、手に入れたカードの確認もしておかねば。武器強化のカードはさっさと日本刀に使った。正直、3層の鶏では強化の度合いは違いが分からんが。

出来上がった焼き鳥は、塩と酒を振っただけだというのに、とても美味しい。モモは柔らかく、パサつかず、皮はカリッと。梅肉を塗って、柊さんからもらった青紫蘇を巻いた胸肉もいい。

ビールが美味しい。

飲んだあとはパニックルームで映画を――スクリーンを買ってこねばいかんのだった。レコードを聴きながら読書。

風呂に入って、弾丸製作について予習と調べ物。本とネット。

ネットは海底ケーブルがぶちぶち切断されとるので、衛星頼り。海外のサーバーにあるデータをせっせと日本のサーバーに移しつつ、今ある衛星がダメになる前になんとか新しい衛星を打ち上げるため、努力中のはずだ。

海と空からの魔物の迎撃に向いた冒険者を雇い、頑張って海底ケーブルの引き直しにも挑(いど)んでいるらしく、そちらの方が早そうかな？　ただ、すぐ破壊される気もする。

モノについては、作る技術も知識もあるのに、資材の確保がネックになっているんだったか。

何かの理由で光ファイバーではなく銅の同軸に戻すとかなんとか。

弾頭、薬莢(やっきょう)、発射薬、リム――いや、リムはダンジョン限定でなら、なくてもいいのか。多少の大きさの違いは、武器防具と同じくダンジョン内では補正される――雷管。基本の弾丸は鉛、銅、亜鉛、発射薬は火薬ではなく魔石の粉とダンジョン産の土や石の粉との混合物。

魔石の粉を増やしたり、属性石と呼ばれる各属性を内包する石の粉を使い、威力を増すこともできる。その場合、弾頭や薬莢を含め全体的に強化しないと成立しない。弾頭を強化した場合も同様に他の部分の強化が必須。

魔法と一部のスキルを込めることができる弾丸もあるようだ。この辺はおいおい。これならば、高レベルもいける気がする。分量を守る系は得意だ。

生産用の道具あれこれは目の毒だ。カッコいいのがシリーズでたくさんある。薬品作りの方はそこまで気を惹かれなかったのだが、弾丸製作の道具はやばい。趣味の世界だろう、これ。

弾丸といえば、氾濫で押し寄せた魔物相手に、最初は電気がなくても動く兵器で攻撃したそうだ。しかし、やっぱりというかリトルコア近くでは威力が落ちたらしい。まあ、落ちなくても戦車程度なら、深層攻略者レベルが『変転』して能力を使った方が効率がいい。

何よりリトルコアの影響範囲外には、能力の影響も及ばないので、周囲に被害が少ない。――リトルコア相手に使える弾丸というか、バズーカみたいなのを政府がダンジョンでせっせと作り、他の【収納】持ちに現地に持っていかせてたが、あれは上手くいったんだろうか？　大々的に報道されていないということは、結果は微妙だったんだろうな。

自分にしては少々早寝をして、少し早めに起きる。

そろそろ暑くなってきたので、朝食前に家庭菜園の手入れ。主に水やりと草取り。さらに庭の草取り。庭と畑は草との戦いだ。

こう、田舎の引きこもり生活はもっとのんびりしたものだと思っていたのだが。だが、沢もあるし山歩きは結構楽しい。春には山菜採りができるはず……。今年は、思っただけで結局やらずじまいになりそうだ。

朝飯は、卵かけご飯に味噌汁、いただきものの漬物、緑茶。簡単な料理だが、朝はこれくらいでちょうどいい。

味噌汁は米味噌で、じゃがいもと玉ねぎ。赤味噌には合わない気がするが、米味噌ならば悪くない。じゃがいもも玉ねぎも保存が効くので便利だ。

佐々木さんの漬物はさすがの美味しさ。出した漬物は、半分は食後にお茶で食べる。

朝っぱらから炊いて余った飯は、鰹節と胡麻をたっぷり、醤油と混ぜておにぎりにして冷凍――する前に、一つ食べる。冷凍したものは、解凍後に焼いて焼きおにぎりになる予定なのだが、焼く前の状態でも美味しい。

醤油と味噌は柊さんに分けてもらっている。鰹節といいだいぶ贅沢――今の世の中、肉は安いが他は大体高い――だが、私は食い道楽なのだ。好きに飲み食いしたいがために、政府の仕事をしていた程度には。

数日は草と格闘しつつ、家のダンジョンに潜って過ごした。そろそろ豚肉と牛肉を買いに行きたい。あとラードも。

建具屋から棚と作業台が届いたのでダンジョンに運び込む。パニックルームへの階段はいささか狭いので、少々苦戦。コートに【収納】したいと思いながら頑張る。

定説では、『化身』での運動量の１００分の1くらいは、こっちの体にも還元されるはずなんだが。いかに最小限の労力で倒すかを追求していたところがあるので、仕方あるまい。

運び終えて、組み立て。ダンジョン内なので、さっさと『化身』に変わり、【正確】のスキルを発揮しつつ、済ます。『化身』なら生身より腕力もあるのだが、板を支えてくれる人がおらんのでこれも結構苦闘した。

一応床の水平も測ってみたが、問題なく平。棚も机もがたつきはない。机に早速生産道具を並べ、棚に素材を入れるための空箱を並べる。

棚は戸のない実験棚のような形で頼んだのだが、木製なこともあって、喫茶店のカウンターの後ろにありそうな棚になっている。作業台と同じ高さに、生産の時に素材や瓶を並べるスペースがあるのだが、コーヒーでも淹れるスペースのように見える。棚に並べるものがコーヒーカップなら完璧だ。

大きな木箱は、受け渡し用の木箱の隣に。誰もダンジョンに入れる気はないが、念のため。

うむ、いい雰囲気だ。

余裕ができたら絨毯に寝椅子でも置くか。蓄音器もこっちに移動して――パニックルームよりも天井が高いので、こちらの方が開放感がある。

レコードの棚も移せば、壁が空くからスクリーンを買わなくてもいいな。いや、イレイサーがやらかしたらこのダンジョンは消えるのか。コレクションが消えたら泣く。


最初の部屋は『気力』『体力』の回復が早い。ただし、上限値の減った状態から戻すには、外に出た方が早い。

今のところ必要はないが、【生産】で高レベルなものを扱うようになれば、おそらく気力が不足する。

プライベートダンジョンの最初の部屋は、生産設備と休憩のための設備を置くのが、最近読み漁ったネットでよく見るパターンだ。薬で回復するのではなく、休憩を入れて気力の回復を待つ方が効率的なのだそうだ。

『化身』のステータスは、『生命』『体力』『気力』『頑健さ』『力』『速さ』、そして『火』『土』『水』『風』『光』『闇』の基本属性。基本属性は混じり合って、『氷』や『雷』など他の属性も生む。

『生命』が0になるとダンジョン内で死に、『化身』を『変転具』ごと失う。

『体力』はダンジョン内で活動するためのもの。これが低くなると『気力』を削り、怪我をした時などの回復も遅くなる。減る原因は、活動の度合いと怪我など。

『気力』は能力を使う時に消費するもの。また、ダンジョン内部にいるだけで、消費される。能力の使用などで急激に消費すると、『体力』を減らすことがあり、逆に『気力』があれば『体力』が低い状態でも活動できる。――『体力』が減った状態は『気力』も減らすので、長い時間ではないが。

『生命』も『体力』も『気力』も薬や魔法で回復することができるが、『体力』『気力』は、ある時を境に上限値が減りだす。例えば気力が１００あれば、回復時にマックスは１００に戻るわけだが、それが90までしか戻らなくなり、だんだん減っていく感じ。

『体力』『気力』が0になると『化身』が解かれてしまう。『体力』『気力』が戻れば、『化身』に変転できるが、魔物がいる状態で生身になったら普通に死ぬ。

　仲間がいればそうなる前に外に連れ出してくれる……かもしれない。

『頑健さ』は『体力』と『気力』の消耗速度や消耗する量に関係する。『頑健さ』が高ければ、消耗は少なくなり、上限値が減りだすタイミングも遅くなる。この3つの基礎能力は、それぞれ影響し合っている。

『力』『速さ』は字面（じづら）のままだ。

レベルアップ時に【椿】【杜若（かきつばた）】【藤】【桜】【菊】【梅】の6枚のカードから4枚が現れる。そこから好きなカードを2枚選び、出た能力が上昇する。

【椿】は『火』『力』、根源の力。
【杜若】は『水』『気力』、心の強さ。
【藤】は『地』『頑健』、心身の強さ。
【桜】は『風』『速さ』、解放。
【菊】は『光』『体力』、進む標（しるべ）。
【梅】は『闇』『能力』、守る標。

【梅】の『能力』は『運命の選択』で授けられた称号による能力が強化される。模様は国ごとに違い、中身は一緒だが花以外にもあるようだ。

　選び取ると、属性か基礎能力のどちらかが上がる仕組みだ。スキルを中心に戦う魔法使い系が、『気力』を上げたくて【杜若】を選び、『水属性』ばかり上がったとかも聞く。

『運命の選択』で得たものと『生命』は、レベルアップ自体で少し増えたり、強化される。称号による能力は、さまざまな機会で上昇しやすくなっているのだ。

レベル１の基礎ステータスの平均値は『生命』『体力』『気力』が１００、他が10だ。性別や種族などで多少変動があるとのこと。

自分が今いくつくらいなのか気になる場合は、『運命の選択』の【鑑定】持ちに見てもらえばいい。レベル差があると能力が阻害される場合もあるが、能力持ちが直接触れ、鑑定される本人が受け入れていれば失敗することはない。

よし、昼休憩！　漬物と焼きおにぎりを食べて、ざっと汗を流し、さっぱりしてソファで昼寝。

小一時間で起き出して、作業の続きをするつもりだったんだが、うっかりたっぷり寝た。ついでに起きようとしたらぷるぷるした。荷物を持っての階段往復による軽い筋肉痛。生身の体力がなさすぎ問題。

さっさとダンジョンに入り、変転。ぷるぷるから解放される。さすがに少し真面目に運動するべきだろう、このダンジョンをもらえたのはいい機会だ。苦無は控えて、刀を振るおう。

１日１層、５日目にしてアジが復活したため、１層から９層をウロウロしていた。

イレイサー側もせっせとダンジョンに通っているらしく、ものを共有する箱に素材系のカードが詰め込まれている。

２人がかりとはいえ、大部分をこの箱に詰め込んでいるのではないだろうか？

余ったのは好きにしてくれとメッセージが来ているが……まあいいか。

1層、アジ。2層、グリーンスライム。3層、鶏。4層、レッドスライム。5層、玉ねぎ――ではなく、青虫。6層、グリーンスライム集団。7層、アジ集団。8層レッドスライム集団。9層、鶏集団。

こんな感じで大変規則正しいパターーン。10層はリトルコアなので野菜類は出にくいようだ。グリーンスライムの落とす薬草は傷薬、レッドスライムが落とす赤っぽい薬草は体力回復薬に使う。今のところ、豚肉を購入ついでに、町のダンジョンに出向いて作っている。

そしてレベルアップ。頭の中に響く軽やかな音と、目の前に浮かび上がる4枚のカード。ダンジョンでは魔物を倒し続けると、レベルアップという現象が起きる。それこそゲームのように強くなれる。

私がこのダンジョンでレベルが上がるのは2回目。さすがレベル1の必要経験値から、上がるのが早い。なんとも不思議だ。

宙に浮かび、淡い光を放ちながら、ゆっくりと回るカードには花の絵。【菊】【椿】【桜】【梅】。

選ぶのは【桜】と【梅】、期待するのは『速さ』と『能力』。

『桜、速さ』

『梅、能力』

おお、珍しく両方希望通り。

2枚のカードは光の粒となって懐中時計の中に吸い込まれた。うん、レベルアップがあると気分が高揚する。

上機嫌で鶏を狩り、『白地図』を見ながらまだ足を踏み入れていない場所を探し、9層を埋めていく。

で。

若鳥だらけになったので、柊さんにお裾分けしたいのだが、私の予想通りに柊さんの孫2人だった場合、いろいろバレる。

人付き合いが大好きな人種には、バレて何か問題があるのかと聞かれそうだが、私には今の淡い交流程度がちょうどいい。必要以上に関わること自体が不具合だ。

迷った末に差し入れをやめる。当初の目標通り、何か柊さんと被らない野菜ができたら差し入れる——それまでは今まで通り、市のダンジョンの少しいい肉を買って差し入れることにする。

だが、ギルドに売るだけでなく、珍しいドロップ品を見せびらかしたい気持ちも少々。我ながら厄介だ。

最初の部屋でドロップカードの整理。作業台の上でカードを分けていく。素材系のカードは【収納】に突っ込みっぱなしになりがち。以前はリトルコアか対象を倒したら整理する、と決めていたのだが、現在はどっちも機会が遠い。

このダンジョンのリトルコアを倒すのは、防具ができてからだ。まあ、ダンジョンの最初のリトルコアなら、おそらく攻撃を食らうこと自体がない気はするけれど。

装備の揃わない今、防御力はどうしようもないが、速さだけは元のままだ。いや、速さも装備の付与分失っているが。

それでも最初のリトルコアに後れをとるとは思えない。が、整えられる準備は整える主義だ。

一応、苦無に塗る毒も用意したが、必要はないだろう。

それはともかく、カードだ。既に作業台からはみ出そうなんだが……。

食材は『マアジ』『アカアジ』『若鳥』『卵』『玉ねぎ』『新玉ねぎ』。素材は『ウロコ』『羽根』『麻』『薬草』『赤い薬草』『スライムの粘液』『スライムの粘膜』『鉛』『銅』『魔石』『オパール』。

攻略系カードは『覚えの楔1』が2枚に、『強化』が1枚。あとは『魔石』が少々。

……このダンジョンで出たカードで強化しても、イレイサーが対象の排除に失敗した場合、強化分が消える可能性があるのだが。

新しく手に入れた武器防具に使うべきか？　だが、それに慣れずに結局元から持っているものばかり使う可能性もある。

迷った末にコートに使う。収納数も増やしたいし、【収納】がこの先どうなるのかちょっと興味もある。

『強化』のカードは出にくいのだが、こんな浅い層でも出るということは、黒猫の言う通りドロップ率が上がっているのだろう。……たぶん。せっかく家にダンジョンがあるのだ、せっせと回ろう。

『オパール』はオパールだ、ドロップはグリーンスライムから。これも稀にしか出ないが、価値はそうない。

宝石の類は浅い層でも出るが、小さいうえに透明度がなく、輝きもよくない。おそらく本来は宝石には分類せずにおくようなランクのものだ。深い層のものはまさに宝石、という感じでコレクターもいるのだが。

とりあえず宝石の類は魔石と同じく、集めれば生産に使えるので取っておく。ここまで細かく、不純物が多い石だと成功率が下がるのだが、かえって練習になっていいだろう。

『鉛』や『銅』なども小さく、集めて使いやすいように加工するところからなのだ。本当は売り払って、スキル持ちがインゴット状態まで加工したものを買ってしまった方が楽なのだが、慣れない作業が故に一通り覚えておこうかと。

【正確】は成功したこと、覚えたこと、反復したことに補正がかかる。【生産】は本職でないのだから、上手くできるようになるまで時間がかかって当然だ。覚えたあとは失敗なくきっちりできる、代わりに突出していいものというのはできんが。

売るものと取っておくものを分けて、【収納】し直す。私がきちんと把握した状態で入れれば、出す時も瞬時に選び取れる。こちらも【収納】の強化分岐で取った機能だ。

## 2章　滝月要の生産

朝は庭と家庭菜園の手入れ。

畑はもう諦めて、プランターや麻袋に植えているものがほとんどだ。はっきり言えば、広さ的にはベランダ菜園に近い。

花台と木製の格子フェンスで高さを出して、プランターを立体的に配置。庭は広い。それどころか一段下がった場所に畑のスペースもあるのだが、どうも私の把握しきれる範囲はこのぐらいらしい。そして平面に広がっているよりも、立体の方が手入れがしやすい。

５月は葉物の植え時ということで、レタス類の小さな苗の黄緑が鮮やかに並ぶ。レタスは最初から丸くてだんだん開くのかと思っていたら、逆だった。育つと丸まるらしい……上手くいかないと丸まらないままで、サニーレタスの葉が少ないような状態になるらしい。

お前、丸まれよ？

心の中で話しかけ、水をやる。

初期に地植えにしていたサヤエンドウが情けないことになっている。柊さんに聞いたら、立枯病だろうと言われた。カビなどの菌類による病気で、連作したり排水が悪いと発生しやすくなるそうです。
花をつけたことに喜んで、じゃぶじゃぶ水をやりました、私が原因です。水やりはほどほどに。

草をとり、庭に咲く花の花殻を摘んで、枝が急に伸び出したつる薔薇の誘引をする。

母屋の解体と共に大半は退(の)けてしまったのだが、風景を見渡すのに邪魔にならない範囲で、何本かは残した。目立つのは山道との間にあるドウダンツツジの垣根、家の西側、納屋の隣にある大きな梅とこの薔薇。裏手に紅葉(もみじ)もあるが、こっちは山の木なのか庭の木なのか微妙なところ。

庭の入り口から納屋の前までは、住んで半年目に石のタイルを敷いた。そこから続く玄関までの小道も。草と雨の日のぬかるみに負けたとも。

納屋は古い農機具やいつのものか謎な味噌樽、漬物樽、謎の瓶などを処分し、少し手を入れて車庫兼物置になっている。

箒(ほうき)や鎌、スコップ、鋤(すき)、大工道具、プランターに使う土、肥料などいろいろなものが置いてある。あとは、解体の時に出た使えそうな木材を少し残してある。

納屋の2階からは、箱に入ったままの磁器から、古い漆器(しっき)の類までいろいろ器が出てきた。他にやっぱり箱に入ったままのタオル類、忘れられた衣装ケース。

漆器はひびを通り越して割れているものも多く、状態が悪すぎて処分した。もったいない。

結婚式の引き出物のような磁器の類、それに一点ものらしい陶器は、気に入ったものを見つけては、台所に持ち込んで飾っている。

いらんものは売り払っているのだが、なんでこんなに……と少し呆然となる量だ。一度に綺麗にしてしまえばいいのだが、それなりに重いので、引き取りに来てもらうと金がかかる。ダンジョン出現以前のものは、割と高めの値段がつくので、市のダンジョンに行くついでに、店によってはちまちま売っている。

他に長火鉢や長持ち――昔、衣服や調度品などを入れていた長方形の大きな木箱のこと――なんかも出てきた。なお、長持ちの中身が古いお雛様で、少々ホラーだった。

出てきた埃をかぶった長火鉢と長持ちは、綺麗に磨いて板の間に据えてある。長火鉢は冬が来たら活躍の予定だが、今のところ単なる飾り。

一度目の冬はばたばたしていて叶わなかったが、灰を入れて炭を買い、鉄瓶でお湯を沸かし、餅を焼くのだ。スルメを焼いたり、お燗をつけたり。

できればサザエや鮎なども焼きたい。ん？　サザエは夏か？　海産物の旬は曖昧だ。鮎やヤマメなどは、川にいるらしいので捕まえてみたい気はしているが、こちらも実行に移せていない。

――5月の末だというのにもう蚊がいる。刺されたくないので終了。

昼に唐揚げを食べ、午後からは市のダンジョンへ。

「これはまた。海外では事例が多いんですが、日本ですと少ないですね」

藤田さんが言うのは、『丸どり』のことである。

溜め込んでいたカードを売りにきたのだが、ないことはないが、やはり珍しい状態でのドロップのようだ。

「それから、鷹見から伝言です。よければ販売先として、料理屋を紹介すると」

「料理屋？」

「雰囲気からして、あまり知られていない店のようでしたけれど……」

藤田さんが小さく首を傾げる。

お偉いさんが行く、隠れ家的高級店だろうか。鮮魚を扱う店は少ない。輸送にコストがかかるので重量を少しでも減らそうと大抵干物にされることの方が多いしな。

積載量も乗り心地もスピードも、もう少しなんとかなればいいのだが、今のところ車はまだ発展途上だ。

「店を見てから決めていいのなら、と伝えてください」

「はい」

『若鳥』のカードは魚ほどではないが予想より高く売れた。

丸どりであれば、この辺りに流れてこない部位もあるからとのこと。年配者の中には、ダンジョン前に食べていた記憶から、今は馴染みのない部位を無性に食べたくなる人もいるらしい。外で普通に鶏の飼育もしているが、商売にするような規模の鶏舎は、飼料の関係でトウモロコシや麦類の出るダンジョン側に固まっている。内臓系はアシが早いのでその近辺以外では滅多に出回らない。

さて、買い物。

『青い薬草』を中心に、【生産】で使う素材を買い足す。そして柊さんへの差し入れ用に『赤豚のロース』――リトルコアを超えた先の魔物なので、お高い部類の肉だ。自分用の肉ももちろん買う。牛肉も少々。

豚系はこのダンジョンのドロップなので、カードのまま買っても値段が変わらないため、カードで買っている。【収納】できるので、私には都合がいい。他の場所でドロップした食材も、【収納】持ちが運んできた、カードの状態での販売があるのだが、こちらは【開封】された外の商品より割高。

カード入りの食材は、保存と主にダンジョン内で食べる弁当用に使われる。ダンジョン素材は、一度もダンジョンの外に持ち出さなければ『ブランクカード』に【封入】が可能なため、深い層に行く冒険者に需要がある。

ダンジョンは大抵深くなるほど広くなり、魔物も強くなるしで、攻略に時間がかかる。倒してしまえば、また魔物が湧くまで時間があるので、ダンジョン内で野営することも多い。

『覚えの楔』はあるが、リトルコアが出る10の倍数層でしか使えない。ちなみにリトルコアは、10の倍数層以外に出ることもある。

『帰還の翼』という、ダンジョン内で使うと1部屋目に戻れるアイテムもあるが、こちらはレアアイテム。よっぽど深層にチャレンジしていて資金が潤沢でなければ、大抵自分が魔物を倒したあとの道を戻ることになる。

ダンジョンが広ければ浅い層でたくさんの人が稼げるし、素材も回るのだが深層の攻略者にとっては大変――いや、レベル上げのために魔物は結局たくさん倒さねばならないので、広い方がいいのか。

私も自宅ダンジョンの攻略を頑張ろう。次の食材をぜひ！

今日ダンジョンに来たのは、買い物と生産のため。あと、予定では防具が出来上がる頃だからだ。

能力値を底上げするような付与は頼んでおらず、しかもこのダンジョンで一番出回っている素材をメインに使うので、ツツジさんとアイラさんならば1時間とかからないで出来上がる。

ただ、2人とも防具製作に取り掛かっている時に、他のものを作るというのは滅多にない。その場合は素材待ちをしているか、製作に行き詰っているかだ。

なので、私の防具が出来上がる予定というよりは、2人が手をつけていた防具が出来上がる予定がそれぞれ昨日か今日あたり、というのが正しいのだが。

できていれば冒険者カードにメッセージが入るはずだが、まだのようだ。残念。

仕方がないので、自分の生産を始める。

まずは薬を入れる瓶から。

これはスライムの粘液と、浅い層に出る魔物の魔石を使う。魔石はぱっと見はみんな黒く見えるのだが、光に透かすと色がある。瓶に使うのは青、これは既に砕いて粉にした状態のものを保存してある。

魔石の粉を底の平らな容れ物に少量入れる。私が使っている容れ物は、ゴーレムの上位種、リトルコアの素材で作ったものだ。全体的に白っぽく、時々虹彩が見える。

ここにスライムの粘液を注ぎ、作りたい瓶の太さの乳棒——のようなもの——で均一に混ぜる。どんどん粘度が上がって固まってくるので、程よい固さでそっと乳棒を真っ直ぐ引き上げる。そうすると乳棒にくっついて粘液が持ち上がり、底のある円筒形の瓶ができる。

コンッと乳棒を叩くと、カシャッと小さな音がして瓶が割れて乳棒から離れる。瓶の縁がすぐに氷が溶けるように丸まり、乳棒に残ったガラス質のものが光の粒になって消える。

混ぜるのが早すぎると固まらないし、遅すぎるとダマになったり瓶の表面が波打つ原因になる。持ち上げるタイミングによって、途中でダマになったり、厚くなったり、上手く高さを出せなかったり、くにゃりと曲がったりする。

【生産】持ちは、気力である程度整形できるのだが、この瓶が不均一だと回復対象にぶつかった時に綺麗に割れず、中の薬が飛び散ったり、割れた瓶に残ったりと、ロスが出る。場合によっては回復自体上手くいかない。

これはダンジョンのシステム的な何かも関係しているらしく、均一にできていれば、どんなぶつけ方をしてもロスはない。

で、この瓶に作った回復薬を入れて上を捻ると、アンプルのような形に変わる。一度捻って封をしたあとは、もう形は変わらない。

瓶だけ売っている場合もあるが、3日ほどで捻れなくなってしまうので、回復薬の生産者は自作する者がほとんどだ。

飲む時はアンプルを割って、戦闘中誰かを回復する時はぶつけて使う。飲んだ方が浴びるより1割ほど回復率がいい。この瓶は割れると断面が丸まるので怪我の話は聞かない。そして割れて中身が出ると、光の粒になって消える。

薬瓶を作っているとメッセージが入る。他人には見えないようだが、『変転具』が淡く光るので分かる。冒険者カードを出して、早速メッセージの確認。

『話したい。今日、ここにいるなら夕食は？』

防具の方かと思ったが、鷹見さんからの飯の誘いだった。早いな？

一人暮らしの飯の予定はどうにでもなる。了承の返事をしてカードを仕舞おうとすると、続けてメッセージが来た。

鷹見さんからの返事かと思えば、今度はツツジさんだった。今日という読みは当たったようだ。

『装備が出来上がりました。今日からしばらく3時にアイラのブースにおります』

2行程度しか送れないのに、メッセージは丁寧(ていねい)なツツジさん。

2人揃っている時は、アイラさんのブースでよくお茶を飲んでいるので、その時間ならば、ということだろう。

これにも了承のメッセージを返して、時間まで生産。

薬瓶を大量に生産し一旦【収納】、次は中身を作って――薬瓶を並べて注ぎ、口を閉める作業を繰り返す。

回復薬系をちゃっちゃと作り、本日の個人的な目的に移る。虫除けです。ダンジョンの虫型魔物には少ししか効かないが、外でも使えるやつだ。

いっそ超上級の対虫型殺虫剤とか虫除けが使えたらいいのだが、それらは大抵ダンジョン内でしか効果がないやつだ。おのれ……。

外の虫とは地道に戦っていかねばならない。とりあえず人体に塗る用と、網戸用の虫除けと、蚊取り線香的なものを作ろう。

なんとか効果的なものが作れないものか。蚊とアブラムシ、ヨトウムシ――ネキリムシを撲(ぼく)滅(めつ)したい。

時間になったので、一旦手を止め、アイラさんのブースにお邪魔する。

ツツジさんは素材を広げて置くタイプなので、少々ブースに入りがたいため――散らかっているともいう――2人に会う時は、大抵アイラさんのブースだ。

「今日もスーツ……」

ツツジさんが恍惚(こうこつ)として、こちらを見る。

ダンジョンの装備はそうコロコロ変えないだろう。毎回何を言っているのか。

「相変わらず隙のない男ねぇ。少し抜けがある方が好かれるわよ」

アイラさんが頬に手を当てて嘆息するように言う。

「種族の容姿からくる印象に引きずられているだけだろう」

そこまで完璧な人間ではない。完璧だったら蚊と戦っていない。

「新しいスーツゥ！」

作ったのはアイラさんだが、抱えているというか抱きしめているのはツツジさん。手には靴をぶら下げ、スーツに頬擦りしそうな顔をしている。その服を私が着るのか？　微妙に着づらいぞ。

「……」

小さなため息をつきながら、アイラさんがツツジさんからスーツを取り、私に渡してくる。

この2人もよく分からん関係だ。

受け取って、『変転具』の懐中時計をスーツにつける。スーツ一式が消え、淡い光で新しいスーツのラインが私を覆うと、着ていた上着が私の前にふわりと浮かぶ。靴も同様。

着ていたスーツは落ちる前にキャッチし、【収納】する。『変転具』には『運命の選択』で得た装備とは別に15の装備品が登録できるが、登録数をオーバーした場合は吐き出されてしまう。

新しいスーツも三つ揃え、灰色に一段薄い灰色の細いストライプが入っている。ワイシャツは黒、ネクタイは少し光沢のある青灰色。革靴は黒、つま先の細めなプレーントゥ。

「ああ、いい……」

恍惚とした表情のツツジさん。

いや、なんで入り口側まで下がって距離をとっているんだ？　いっそ側で見ればいいだろう。

「アイラ、すごいわ！　完璧なインテリメガネスーツ……っ！」

涙を浮かべてぷるぷるしているツツジさん。

「アタシは、丸メガネにして印象を柔らかくして、華やかな感じの銀タイピンとかも好みだわ。髪を少しエアリーにして……、まつげ長そうだし、ちょっと巻かせてほしいくらいよ」

「ああ、ファンタジー要素で麗(うるわ)しい系」

納得顔のツツジさん。

いや、やめろ。なんの話だ。

私の種族はダンピール。人間よりで、見た目も赤い目が少し目立つくらいで、少し肌が青白いような気がする、犬歯が尖っている気がする、その程度だ。種族的に顔は整っていることは認める。

だがそれは『化身』は多かれ少なかれ、みんな似たようなもの。皆が美形というわけではないが、物語のようなステレオタイプの外見が多い。

種族は基礎能力などにも影響がある。

ダンピールの能力は、人によってヴァンパイア寄りか人間寄りかが違う。私は人間とほぼ変わらない。基礎ステータスの気力が普通より10多く、回復魔法の効果が少し薄いくらいか？ そもそも回復魔法は持っていないし、パーティーを組んでおらんしで、自前の回復薬で事足りている。

これがヴァンパイアならば、気力・魔力・速さの基礎ステータスが高い代わりに、光属性がつくと体力の減りが激しくなる。怖くて【菊】のカード——光属性が出る可能性がある——が引けなくなるそうだ。大体種族は一長一短だ。

ちなみに2つの属性が10以上になるとさまざまな効果が現れる。例えば光と火が10以上になると体力の回復が早くなり、ヴァンパイアの中にはそうして光を克服した者もいる。光を10上げるまでだいぶキツかったらしいが。

「コートもたまには白とか灰色にしてみたいけど、そのコートがまたカッコいいからずっと着ててほしい……」

ぷるぷる継続中のツツジさん。

【収納】は便利だし、『運命の選択』で与えられた防具を脱ぐという選択はない。いや、腕輪はバレるのがあれなんで、このダンジョンでは外しているが。

「裏地の色はバーガンディーかしら？　布のような革のような素材も気になるんだけど、『運命の選択』の武器防具って、素材が何なのか分からないものも多いのよね」

アイラさんは生産者視点。

私的には熟れた桑の実を潰した時の色です、裏地。

「一応、聞くけれど、引き攣るところとかあるかしら？」

「問題ない」

スーツのジャケットを着ると、肩が凝ることがあるが、アイラさんの服は形が綺麗なのに動いても、ほんの少しも邪魔されない。

「一応、言っておくが靴も問題ない」

詳細に測ったり、腕を上げさせられたりしたのは最初の時だけだ。それでも2人の腕は素晴らしく、寸分の狂いもないようで一着目と同じ着心地。多少ならサイズの自動調整がダンジョンによって起こるのだが、その必要もないくらい。

アイラさんが一応と言ったのも、それだけ腕に自信があるからだろう。私が「一応」とつけたのも、ツツジさんが一流の腕を持っているからだ。

運動靴やサンダルより快適な革靴って、他では遭遇したことがないぞ。なんというか、個性的すぎる2人だが、その仕事ぶりは尊敬する。

「麻が大量に入荷したみたいで、ストックしたから、生産装備の着替え用にシャツをあとでおまけに渡すわ」

アイラさんが言う。

それはもしかしなくても、私が持ち込んだカードのような気がする。

「いくらだ？」

「いいわよ、付き合わせてるんだから」

「なおさら払う。付き合いのコツは、金銭面では甘えないことだ」

それにエアリーだか巻き爪だかにされては困る。

「律儀ねぇ」

「そのうちもう少し上の装備を、正式に依頼するかもしれないしな」

上のランクの装備を依頼する時、なんと理由をつけて依頼しようか。

素直に深層に行くというのも微妙だ。防御力はさすがに落ちるが、鎧（よろい）系より布系の方が音が出ないので私の好み。

それに装備品の重さや可動域が大きく変わると【正確】に蓄積してある動きと、ズレる可能性がある。

料金については押し問答の末、一着目と同じく実費プラスアルファの金額と、気力用の回復薬で合意した。

なおツツジさんはずっと恍惚としていたので、まともな会話をしていない。アイラさんにツツジさんの分も渡して終了した。

これでリトルコアに挑める。ここに来た一番の目的を果たし、上機嫌で生産の続きをする。通常番のギルド職員の終業時間に合わせて切り上げ、買取カウンターを覗く。

ギルドは24時間営業のため、職員は部署によるが交代制だ。私はほぼ昼間にしか来たことがないが。

藤田さんと話していたキツめの美女がこちらに気付いてやってくる。この美女が鷹見さん、ただし生身は男。

生身と『化身』は輪郭やその他、似ているタイプなのだが、生身の方は糸目。鷹見さん曰く、『化身』は若い頃の「化粧をした」母親に似ているらしい。

「私の『化身』は普通に目が大きいですが」とも。あとから思うに、御母堂も糸目で、化粧で目を大きく見せていたのだろう。まあ、なんだ。目を見開くとツリ目の美形です、なので御母堂もすっぴんでも美人の類だと思う。会ったことないが。

生身同士で付き合いがあるというか、1人で行けない飯屋に連れて行ってくれる人だ。1名での来店お断りな店多すぎじゃないか？　テーブルの効率的に仕方がないのだろうが、不満だ。

そういうわけで飯屋に移動。

今回連れて行かれたところは、市のダンジョンから少し離れた小体な店。開かれた門扉から玄関まで短い庭があり、ちょうど店員さんが暖簾をかけているところ。そして待っていた数組の客が、建物の中に入っていく。

外から暖簾は見えないので、隠れ家的店のようだ。入るとカウンター席、胡麻油の匂い。なるほど、天ぷら屋か。

いいな、胡麻油。近辺ではラードは格安だが、植物油はものすごく高いのだ。

「今日は個室でしたね、奥へどうぞ」

案内の女性がこちらにたどり着く前に、カウンターの中から店主らしき人が声をかけてくる。いつもはカウンターなんだな？　さては鷹見さんはここも常連なのか、羨ましい。

店員さんのあとをついて、奥の個室に進む。個室はざっと確認したところ、４つほどしかない。天ぷら屋だし、カウンターがメインなのかもしれないが、ここも予約が取りにくそうだ。

最初に連れて行ってもらった店は、私が月一の電話での予約競争の挙句、ようやく勝ったと思ったら、初めての方の１人での予約は受けていないと言われてしまった店だ。おのれ……っ！

２度目からは１人でカウンター席も受けてくれるので、予約は取れるようになったのだが、今度は予約競争に負けている。

テーブルに置かれたお盆には手拭きと箸が並んでいたが、すぐに店員さんが出汁、塩、レモンが入った小皿を配置。それと、今日できるものです、と言って野菜の名前が毛筆で書かれた紙をテーブルの端に置く。

「どうぞ」

「ありがとうございます」

鷹見さんが酒のメニューを渡してくる。

「基本コースしかありませんが、一品だけ好きなネタを提供いたします。途中でお伺いしますので、そちらのメニューからでも、コース中に食べたものからでも好きなものを選んでください」

店員さんが説明して一旦下がり、先付けを持ってきた。

このタイミングで飲み物を注文する。酒のメニューにはワインやウイスキーもあったが、ここはやはり日本酒で。油物だし、すっきりか辛口か。正直日本酒にそこまで詳しくないので、お品書きの紹介で選んだ。

先付けは、わさびの添えられた汲み上げ湯葉。優しい味に鼻に抜けるわさびの刺激。

天ぷらは、小さな筍、蕗のとう、コゴミ——ほどよいタイミングで揚げたてが運ばれてくる。

この辺で採れるものばかりだが、職人が揚げるとこうも違うのか。自分で揚げると、どうしても油っぽいんだよな。1つ2つはいいのだが、徐々に口に油が残っていく。この店の天ぷらはそれがない。

姫皮や包葉に包まれた育ちかけのものに特有な匂いなのか？　筍はかすかにヤングコーンに似た香りがする。蕗のとうはほろ苦く、コゴミはさくりと。酒の種類も正解だったようだ、天ぷらによく合う。

「かなり珍しいダンジョンのようですね」

私が酒を置くと、鷹見さんが聞いてくる。

「ああ。魚も嬉しかったが、鶏が丸のまま出たのには驚いた。私の食い意地が張っているせいか、家に出たダンジョンも食べ物関係のようだ。紹介したいという店はここか？」

美味いけれど、私のダンジョンのドロップは今のところ不向きな気がする。野菜類はこの辺りで普通に生産されている玉ねぎだし、アジはフライならともかく天ぷら？　と思ってしまう。かしわ天か？

「いえ、紹介したい店は実はまだ開店準備中なので、昼間オオツキさんの時間の取れる時にご案内します。――他で寿司屋をしていた方なのですが、前回の上陸で被害に遭われまして」

「ああ……」

数ヶ月前、ニュースで大々的に報じられていた場所か。

氾濫した魔物の中で、強いものは大抵海から来る。山の中も人の目は届きづらいが、最初に遭遇するのは浅い層の魔物が多い。

浅い層の魔物ならば、大抵遭遇した人が『化身』に変わって討伐してしまうし、遭遇の報告があれば、すぐに政府や冒険者ギルドが調査をし、ダンジョンを特定するため、大きな被害は抑えられる。

気付かれずに深い層のリトルコアまで出てくる、ということはまずない。山の中は普通の熊の被害の方が多いくらいだ。

だが海から来る魔物は違う。まず、ダンジョンの特定が困難。最初のリトルコアの討伐が遅れると、次の階層のリトルコアも出てくる。深い階層の魔物も海には溢れている。

大抵、海の中が生息域のため、船舶以外の被害は免れているが、たまに陸に上がれる魔物が出現すると、被害が大きい。怪獣映画並みだ。ダンジョン内と同じく、リトルコアの側では銃火器の類が使えない。弾頭だけなら届くので、リトルコアの影響の範囲外から撃つくらいか？

自衛隊をはじめ、政府にもダンジョンの魔物に対する専門の集団があるが、最初に駆けつけ魔物を足止めするのは、攻略者などと呼ばれる冒険者のことが多い。特に襲われやすい海岸沿いの町では冒険者はヒーローだ。

空の魔物もいるのだが、そちらは無人島のダンジョンから発生しているものが多い。幸いなことに、空を飛ぶタイプの魔物は少なく、長距離を飛ぶ魔物はさらに限られる。まあ、現れると一番被害が大きいのだが。

「店は続けたいけれど、生まれたばかりのお孫さんのためにも、海から離れる決断をされたそうで、それならうちに店を移さないかと打診いたしました」

鷹見さんは、私と同じく食い道楽だが、それだけでなく市と共同でここを食の町として活性化させる仕事をしている。

半引きこもりの私とは違って、顔も広くアグレッシブな人である。そうでないと、この年――私より少し上――で地方とはいえ、冒険者ギルドの局長にはなれないだろう。

「アジ以外に魚が出るか保証がないぞ」

アカアジは調べたところ、大体マアジと同じ扱いでよさそうだった。

尾ビレや胸ビレが綺麗な朱色をしていて、まだ食べていないが美味しい魚だそうだ。

黄金アジは美味しかったです。

「ふふ。この度、海の側のギルドから定期的にカードを運ぶ契約を取り付けました」

おお？　海産物が今より出回るのか！

続いた説明に喜ぶ。私のダンジョンのドロップの値が下がりそうであれだが、美味い外食の選択肢が増えるのは嬉しい。

この市のダンジョンの特産品の豚などは、ある程度カードのままストックし、【収納】持ちによって、豚の出ない地域のダンジョンに運ばれ、代わりにそのダンジョンの特産物のカードが運ばれてくる。

そのやりとりに、海産物の出るダンジョンのギルドが加わったのだろう。というか、災害見舞いついでに鷹見さんが契約を取り付けてきた感じか。種類や量についてはそちらで問題がなさそう？

「そうたくさんは出回らないと思いますよ、行き来の回数が少ないですから。カードの形でまとめて購入して、小出しに特定の店に卸すことになります」

私の顔色を読んだらしい鷹見さん。

だから紹介する店との取引を、と目で促してくる。

「……個人と直接やりとりするのは面倒なんだが」

買取額は抑えられているが、契約やら人同士のやりとりやら、面倒がないのがギルドとの取引のいいところ。

あと、ダンジョン持ちなのがバレる心配が少ない。攻略させろとか絡まれるのは面倒だ。

「オオツキさんならそうですよね」

薄く笑う鷹見さん。

「ギルドとしては専売になるわけだし、いいのでは？」

私がギルドに売って、ギルドが店に売ればいい。

「ギルドとしてはそうです。しかし町起こしとしては、生産者と提供者が直接やりとりをしていただいた方が、ギルドを挟むより印象がいい。――それに、おそらくオオツキさんは通うことになると思うんですよ、その店に」

通う……？

「味的に、立地的に、料理人の人柄的に。腕がいい、寡黙（かもく）、場所はダンジョンから少し歩きますが、生産ブースで酔い覚ましが可能。寿司が専門ですが、海辺でないここでは他の日本料理も提供」

「う……っ」

すごく通い詰めそう。

「紹介をしてしまった方が、お互いいろいろ都合がよさそうでしたので」

にっこり微笑む鷹見さん。

「……」

鷹見さんが引っ張ってきた店なら絶対美味しい店だ。取引、一店くらいならいいだろうか……。誘惑がひどい。

「ではこうしては？　最初に顔合わせをして、その後はギルドのオークションブースを使う。使用料金はかかりますが、値段設定は自由に――ギルドの買取価格のプラス20パーセントで値段設定をして、即決・対象者限定にすればよろしいかと」

相場を調べて値段をつける作業が面倒というのが顔に出たらしく、鷹見さんが言い直した。

ギルドのオークションブースというのは、その名の通りオークションのためのもの。私書箱のようなカードを入れられる引き出しが並んでおり、匿名でやりとりができる。

登録は個人だが、引き出しに入れるのも出すのもギルド職員で、ブースの使用料とカードの売り上げの10パーセントがギルドに入る。

ある程度高いものでないと、ギルドに売るか、直接売買した方がよくなる値段設定で、利用希望が多くなるほど基本の使用料が高くなる。

運良く高額になるものがドロップした者か、有名な生産者が使うことが多い。

オークションは一応全国対象だが、遠いほど送料がバカ高くなるので、必然的にギルドに直接引き取りに来られる範囲の者の入札が集まる。

「ギルドとしては、販売物をオープンにしていただければ宣伝になります。登録とカードの預かりも生産者ブースで受けておりますので、ギルドの買取よりは時間をいただくことになりますが、オークションでもオオツキさんの手間はそう変わらないかと。食の町として定着するまでの数年、いかがですか？」

立て板に水の説明と、営業スマイル全開の鷹見さん。

正直胡散臭く見える笑顔なのだが、私にも利がある条件を提示してくる。ギルドに利用されるにしても悪い話ではない。

「身バレには全力で配慮いたします」

ドロップ品を開示するのは、人の興味を惹く。が、そこはギルドが全面的に上手くやってくれるようだ。

私のような、食い道楽が高じて料理をする者に安価で食うチャンスを与えるという意味では、ギルドに売った方がいいのだろう——買取カウンターでギルドが買い上げたうちの何割かは、必ず地域の一般店舗に流すことになっている。

ただ、その場合、料理できるかどうかも問題になってくる。たぶんこの町に住む人の多くは、魚をさばくことどころか触れることに馴染みがない。肉のダンジョンドロップが部位ごとに出ることが多いおかげで、鳥を解体するのも難易度が高い。

どう考えても、提供する店が増えた方が大多数にはありがたい。

「オオツキさんが他の店とも直接やりとりしたい場合もご自由に。ギルドに声をかけてくだされば、下心コミですが契約などはお手伝いしますよ」

にっこり微笑む鷹見さん。

昨夜は代行で帰宅したのち、風呂に入って寝た。一人暮らしの気ままさよ。

鷹見さんの話は受ける方向で。いや、だって、私の心配な点を丁寧に埋めてきた挙句、取引する店の紹介＝美味い店の紹介なんだもん。

そして装備が揃ったところでリトルコア。９層までの魔物は倒してあるので、なんの気配もないダンジョンを最短で進み、10層へと続く階段を降りる。１層から３層の魔物は明日には復活するはずだ。

リトルコアのいる部屋の前、念のため体力と気力を回復させる。完全に回復オーバーだが、この層には扉の先のリトルコアしかいないため、魔物が集まってくることもない。

リトルコアのいる大きな扉から離れた場所に、小さな扉がある。これは一度中のリトルコアを倒すと、開けるようになる。中はリトルコアを回避できる通路だ。

リトルコアは倒した者が部屋の外に出ると、すぐに復活する。だが、一度倒したことのある者ならばスルーできるようになっている。

ダンジョンを進むための能力、聖獣の存在、この仕組み。ダンジョンそのものが攻略されたがっていると言う者もいる。

もっとも攻略されたがっている理由は、なるべく強い『化身』をできれば生身ごと、ダンジョンが食うためという説が有力だ。聖獣はダンジョン内では——攻略を進めるためには、『良いもの』として扱われているが、いまだダンジョンには謎が多い。

それにしても、10層とはいえ、未知のリトルコアの相手は少々緊張する。ソロでリトルコアと対面するのは、政府にこき使われていた頃以来だ。

私の仕事はイレイサーへの陰からの助太刀か、対象の暗殺。イレイサーの持つダンジョンの産出物が有益だった場合は前者、イレイサー共々無用の場合は対象のやっていることの裏が取れたあと、さっさと仕留めてダンジョンの崩壊を防ぐ。

イレイサーは別に正しい者が選ばれるわけではない。対象とどっちもどっちな存在もいる。対象に虐げられて歪んだのかもしれんが、周囲にとって害悪な者に過ぎた力を持たせておくのも迷惑だ。

魔物は深い階層でないと能力持ちが出ないが、人間はレベル1から能力持ちだからな。『スキル奪取』は対人有用。

能力自体を奪い取るのではなく、対象が使える状態の能力——例えば、ファイアが気力的に

10度使える相手から、最大10のファイアを奪える。奪うと対象はその分の気力をなくすが、気力が回復すればまた撃てるし、奪える。

まあ、戦闘中に気力をなくしたらひどいことになるわけだが。必ず奪えるわけではないが、忍び寄って奪うことも可能なので。魔物との交戦中など、奪われていることに気付かん輩もいた。

奪ったスキルは、カードの形になるのだが、これはレベルアップのカードと同じように、私しか触れられない。

そしてレベルアップのカードと違い、その場で使う必要はない。通常、ダンジョンの外には持ち出せないが、【収納】と大層相性がいい。ダンジョンから出るとリセットされるはずのものが、ストックし放題。

冒険者ギルドに混じっていた政府関係の【鑑定】持ちに鑑定されたらしく、スカウトされたことが始まりだった。

ダンピールという種族は他者の命に対する執着も薄い、とても暗殺者向きです。

私の性格もあるが、暗殺の仕事がメインすぎて、助太刀コースの時も堂々と表に出るのが憚(はばか)られたため、ダンジョンはずっとソロ。当然リトルコアもソロで何度か倒している。

あまり長くやるものではないと思ったので、年数を決めて仕事を受けたのだが——。だって、条件がよかったのだ。おかげで目標額、プラスアルファを達成できた。今は一般人です。

そんなわけで久しぶりに緊張して、扉に触れる。触れた場所から光がゆっくりと漣のように広がり、城門のような大きな扉が開く。この漣が消えるまでに扉に触れた者が全員部屋に入ると、扉は消え、リトルコアを倒すまで部屋の外には出られない。

扉の先に待っていたのは巨大なスライム。

……。

おい。

偶数層はスライムだって聞いたけど、確かに聞いたけど！　リトルコアまでスライムでなくてもよくないか⁉

こちらに気付いた真っ黒な巨大スライムが、ぼよんぼよんと跳ねてくる。正直遅い。

「【魔月神】」

こちらからも近づき、間合いに入ったところで刀を振り下ろす。

消える刀身と糸のような月。

スライムの私の攻撃が当たった場所が溶け出す。一瞬痛みを堪えるかのように潰れるスライム。

新しい能力はまだ強化していないので、日本刀より苦無の方が強い。せっかく一撃で死なないのだから、【魔月神】を連発する。幸い気力はたっぷりあるし、回復薬もある。

能力は使用時に望んだことが、分岐先として出現する。一定まで【強化】をすると、どの方面に進化させるか選ぶことができるのだが、どんどん同じ系統の進化の先に進むこともできるし、出現済みの分岐を選ぶこともできる。

武器防具の能力は『強化』のカードで行える。武器防具はついている能力だけでなく、攻撃力や防御力も上がるのだが、能力の分岐地点まで上げるのは、時間か運か金がかかる。『強化』のカードは出やすく、家にあるダンジョンなだけに時間はたっぷりかけられる。張り切って通うとも。

【隠形】も使いつつ、能力だけで倒す。すまんな、スライム。

巨大スライムを倒すと、20枚のカードが浮かび上がった。このうち5枚は個人にしか触れることができず、15枚は部屋にいる全員が触れられる。

ちなみに個人カードの5枚中1枚は、リトルコアのショートカット用の扉の『鍵』で確定だ。仲のいいパーティーならば、取得後に話し合ってカードを分配し、即席のパーティーならば個人のものは個人に、共有のカードは中身が分からないまま、1枚ずつ順番に取っていくのが普通だ。

カードの中身は触れるまで分からないので、全員が触れられるカードに能力カードが混ざっていた場合、それは触れた人のものだ。

レアの出現率への影響と相俟って、パーティーの人数は5人が多い。5人が仲良く分ければ、リトルコアの討伐で個人カード5枚、共通カード3枚の1人当たり8枚のカードが手に入る。ソロな私は当然20枚全部。

カードに触れて回収していく。『粘液』『麻』……まあ、ほとんどが素材なんだが。

普通のスライムから出るものも混じっているが、カードの角に書いてある数字の桁が違う。リトルコアから出る素材のカードに封入されている数は、1から999の間。浅い層で出る素材については、大きな数字が出がち。

例えば『麻』のカードは1枚だが、手に入れた麻の数は764個だ。麻は使わんので売り払うが、粘液、薬草などは薬の生産に使う。しばらく素材に困らない。

粘液やら薬草やら素材を除くと、『強化』『白地図』『魔物避け』、ほぼ必ず出る『覚えの楔10』、確定の『リトルコアの魔石』と『鍵』。

入ってきた扉が消えて、もう一つの扉が開いている。

部屋から出て、11層に続く階段の前で『覚えの楔10』を使うか迷う。明日からアジが復活する。アジも狩りたいし、先のドロップも早く見たい。

……。

とりあえずアジを倒すか。

そう決めてぶらぶらと来た道を戻り、最初の部屋に着く。

部屋に扉がある。

イレイサーも最初の部屋にいるらしい。

「……」

ものを送り合う『箱』を覗くと、やはりカードが詰めてある。

ため息をついて扉を叩く。

「はーい！」

元気のいい声が返ってくる。

聞き覚えるほど聞いてはいないが、レンかユキの2択ならレンだろう。

「失礼」

扉を開けて、隣の部屋に入る。

この扉はノックの音と、それに対する返事だけ音を通す。相手の了承がなければ扉は開かない。【生産】で手が離せん時もあれば、これからは気力回復などのために寝ていることもあるだろうから妥当だろう。

「久しぶり！」

「お久しぶりです」

レンは元気いっぱい、ユキは物静か、相変わらずの2人。

イレイサー側の1部屋目には、絨毯とカウチが運び込まれていた。どうやら休憩用家具の設置中らしい。

レンはイレイサーの方が、町のダンジョンで見た可憐な少女より合っている気がする。そしてユキはあちらと比べると、こちらは男らしい方だったんだな。

2度目ましてだか3度目ましてだかの感想を抱きつつ、問題の確認に入る。

「箱にカードが入っていたが、あれは？」

「あ、運びきれないし、自由に使って！　売っちゃってもいいし！」

「すみません。僕たちは生産をしませんし、溜まってしまって」

あっけらかんと言うレンに、少し申し訳なさそうなユキ。

別に悪いことはされとらん。おじさん、ちょっと心配になっただけですよ。稼いで自身を強化してもらわないと困るし。

「車の積載量が足りないのか？」

詰めてあるカードは鉱物系や魔物の牙、皮など。

カードのまま持ち出せば消えるし、【収納】を持たない者がどこかに移動させるのならば

【開封】した状態でなければならない。

「そう！」

「乗るのは２人ですし、荷物はそう載らないんです」

「あと車まで運ぶのもキツかった！　階段死ぬ」

ああ、うん。私も作業台と棚を運び込んだ時にぷるぷるした。

イレイサーのダンジョンの入り口も、地下のパニックルームにあるのだろう。車の積載量の前に、階段の往復は死ぬ。

「……」

少々眉間を押さえて考える。

黒猫、【収納】つけてやれよ。

「ダンジョンの登録はしたのか？」

「した、した！」

「しました。助言の通り、秘匿で」

登録したということは、ドロップカードを売る気はある、と。

うーん。『強化』カードを買う金はいくらあっても足らんはずなんだが。イレイサーに頑張ってもらわねば、私のダンジョンが……。

「……そちらのダンジョンに私を登録してもらえれば、代わりに——いや、リトルコアの初討伐はしたのか？」

出会った時に、レベル1。ならば、初めてのリトルコア討伐となるはずだ。代わりに売りに行くのは精算が面倒くさい。

「まだ！」

「今はレベル上げを。町のダンジョンで、一度4人で討伐してみてから、と思っています」

4人……。ツバキとカズマだろうか？　あの2人ならば、10層どころか20層のリトルコアでも安心だ。

「なるほど。聞いているかもしれんが、初めてのリトルコア討伐は能力カードのドロップ率が上がる。それで【収納】が出れば楽になるはずだ。カードを他のダンジョンに持ち出せるからな」

「おー！　猫もそんなこと言ってた！」

言ってたのか。

「なるほど、【収納】があれば楽になりますか」

ユキが呟く。

ユキの反応からすると、どうやら黒猫が言ったのはドロップ率が上がる説明の方のようだ。

この2人は本当に今までダンジョン関係からは離れて生活していたようだ。

「このダンジョンで初討伐を果たした方が、ドロップする確率が高いんじゃないのか？　いや、あれは『強化』のカードだけの話か」

イレイサーのダンジョン、能力カードも出やすいだろう？

知っているが、黒猫からは聞いてないことなので濁す。これで気付け、察しろ。

あまり【能力】を増やしすぎると、カードでとった【能力】は成長しづらくなるとか、いろいろ言いたくなるが、ダンジョンのことについてはツバキたちが教えているだろう。

「鬱陶しいことになりそうなので、公言はしていないが私は【収納】持ちだ」

いずれはバレそうなので先に。

ついでにやんわりと隠したいことを匂わせる。

「【収納】ってバレると面倒なの？」

レンが首を傾げる。

「ダンジョン攻略で頼られることは少ないが、代わりに他のダンジョンでの買い出しとか、な」

「ああ、現地で買ったら安いもんね。うっわ、車に長く乗ってるの無理！　オレも聞いたこと内緒にしとくね」

表情のくるくる変わるレン。

顔が半分隠されているにもかかわらず、よく分かるほどに。

「ああ。頼む——そういうわけで、【収納】が出なければ販売の代行をしてやってもいいが、そちらのダンジョンに私の登録が必要になる。ギルドに私とそっちに交流がある、と認識される」

私は、イレイサーのこの姿の２人しか知らないことになっている。

「むう？」

「同じダンジョンに関わっているのは、登録と売りに出したドロップカードでバレますものね。市のダンジョンで会って、オオツキさんに挨拶しないのも変だ」

ピンとこなかったらしいレンと、思い当たったらしいユキ。

本来の『化身』の姿で、私に関わるつもりがあるのかどうか。

「いろいろ隠しておきたいのなら、私との接点もなるべくこの部屋だけに留めておいた方がいいだろう」

私の方はやんわり外での交流を断る。

「おー？　まあ、リトルコアから【収納】が出れば解決ってことだな！」

笑顔全開のレン。

簡単にしてポジティブ！

「前向きだなあ、レンは」

呆れ半分憧れ半分みたいな顔でレンを見るユキ。

まあ、2人のうちどちらかに出ればいいな。

「……リトルコアから出なかったら、また相談しよう。今まで箱に入れてあった物は、提供する生産物に回す。使えんものは戻しておく。そういえば、もう一人の協力者は見つかったのか？」

「オオツキさんは律儀？　あ、協力者は見つかったよ！　付与の人！　そっちに扉が出るんだ」

レンが私のダンジョンへと繋がる扉がある方とは、逆の壁を指す。

「扉が揃った時にはご紹介しますね」

ユキが言う。

「ああ」

防具系の生産者を選んだのかと思っていたが、違った。

イレイサーとしては神父服みたいな上着が専用の防具のはず。本来の『化身』の防具もあるはずで、ズボンか靴か、上着の下に着ているものか——。性能のいい服が2つあるなら、他をとなったのかもしれない。

それに布や革系の装備なら、町のダンジョンで揃う。ツツジさんとアイラさんの装備を手に入れるには、ツテと金がいるだろうが、ツテはツバキたちがいるし金もこのダンジョンで十分稼げると判断してもおかしくはない。

　修理も２人に依頼すればいい。町のダンジョン攻略も真面目にやって名を売っておけば、大手を振ってそうできる。

「弱いうちに目立って、対象に返り討ちに遭うなよ？」

　安全第一、ついでに私の能力を育てるために、なるべくギリギリまで倒さずにいてほしい。

「うん、分かってる！」

「接近禁止令は半年有効です」

　ん？　ユキが何かさらりと言ったが、既に外でやらかしたあとなのか？

「あんのストーカー、絶対ボコにするっ！」

　レンが自分の顔の前で拳を握って燃えている。

　ストーカー……？

「対象はレンと僕の、自称幼馴染の兄妹なんです。まとわりついてだいぶ迷惑を被りましたので、司法的警告を出したところです」

　にっこり微笑んでユキ。

　なんだか笑顔が黒い。

「今は引っ越して距離的にだいぶ離れてるから。勇者サマだし、簡単にはあっちのダンジョンから離れられないから大丈夫。大体、幼馴染はこっちにちゃんといるっての！」

対象は勇者クラスか。

勇者もピンキリだが、とりあえず強いと想定しておいた方がいいだろうな。

勇者とは、氾濫によって現れたリトルコアの討伐に参加して、目立った冒険者が呼ばれる。目立つということは、活躍したとかトドメを刺したとか、顔がいいとかだ。公称ではないが、名誉といえば名誉な称号だ。

そして大抵通うダンジョンのギルドや市町村から支援を受ける冒険者だ。支援を受けるからには、リトルコアが現れた時に討伐に参加する義務があり、支援を受けたギルド、市町村のある場所を届け出なく1日以上離れられない。

ダンジョン以前は1日あれば日本全国行けたらしいが、今の交通事情でそれは難しい。そして司法手続きをしているのなら、対象が移動の届け出を出した時点で連絡が来るはず。

「――対象に挑む前に連絡をくれ」

ダンジョンの1部屋目のものを片付けるから。

「分かった！」

「よろしくお願いします」

誤解された気もするが、2人の言葉を背に自分のダンジョンに戻る。

まあ、その時は薬の類は手ぬかりないよう整えるつもりでもいる。イレイサーは成長条件がいいとはいえ、本来の『化身』もレベル1からでは年単位で先の話になるだろうが。

対象者は、レンとユキがこちらに越す前の近所にいること。そこはこの場所から少なくとも1日以上離れた地域であること。勇者と呼ばれる者——おそらく兄妹でパーティーを組んでいる——であること。

レンとユキの年齢を考えれば、特定は容易だなこれ？　というか、もしかしたら聞いたら対象を教えてくれるのか？　私が思っていたよりもオープン？

面倒なんで聞かないが。

イレイサーと話した次の日、最初に入れた棚と同じような規格で建具屋に追加注文しに来た。
イレイサーとの境の扉を開くと、部屋の中が見えることに微妙に抵抗を感じたので、棚で仕切って見えなくする所存。水道はないが、ホーローの小さな流しもつける。
ダンジョン内の流しは排水に厚手の袋をつけて、ダンジョンの通路に袋ごと捨てる——らしい。１日すれば消えるからできる所業だ。

棚の運び込みで、筋肉痛再びな気配がそこはかとなくするが仕方がない。寝椅子と絨毯が後回しになったが仕方がない。酒用冷蔵庫が後回しになったが、おのれ……っ！

マアジと丸どりのおかげで、資金はどうにかなりそうだが、組み立てるための場所がな？順番を間違えてはいけない。棚を組み立ててから、その他の家具だ。

建具屋と、家を建てた時に入れた建具の調整がいるかどうかなどの話をしつつ、つい小さなラックを買う。これに茶葉を入れた瓶を並べたい、ダンジョンの中なら光うんぬんで劣化することもない。

浅い層は雨の日の外くらいの明るさなことが普通で、家のダンジョンも同じく。日の光に弱いものを、見えるように飾る場所としては、ダンジョン１部屋目は最適だ。

コーヒー豆がダンジョンでドロップしてくれると、なおいいが。ダンジョンで産出されるのは日本茶の茶葉が多く、そこから加工して緑茶、番茶、紅茶などが出回っている。

ダンジョンでドロップするものは、その地で馴染みがあるものになることが多いのだ。

新しく入れる棚には、納屋の２階の食器の中から適当に飾るつもりでいる。消えるかもしれないダンジョンなので、一緒に消えてもいいもの。気に入ったものは家に、売るか迷ったものはダンジョンにだ。

昼は適当に外食。料理は特に上手いわけでもないのだが、調味料を揃えているせいで家で作って食った方が美味い弊害が。リーズナブルな価格帯の店は一味足りないと感じるようになってしまった。

店の雰囲気も含めると、それでも外食したくなるのだが。さすがに毎度、高い店に通うのは無理だ。時々鷹見さんの仕事が羨ましくなるが、私に人との折衝はもっと無理だ。

そういえば、鷹見さんが紹介してくれるという店は、明日行くことになっている。楽しみにしておこう。

家に帰り、ダンジョン。

アジはまだ復活していなかった……。復活は夜か。さっさと降りて11層。

黒っぽい水たまりから出てくるのは、赤黒い魚。種類を当てる難易度が高いのだが、もうそれは諦めた。それなりに大きな魚だ。

【幻影回避】と【隠形】を使いつつ、日本刀で倒す。苦無を強化する前はサブ武器として支給された日本刀を使っていた。いや、苦無でそこそこ大きな魔物を倒そうとすると気力を使うので、日本刀も便利に使っていた気もする。

どちらにしても、もう1年も前の話だ。だが扱い方を習ったことは習ったので、反芻しながら太刀筋を矯正していく。

で、ドロップだが。

サバでした。『マサバ』『ゴマサバ』『秋サバ』『寒サバ』。いや、レアな顔してドロップしてるが、後半2つは獲れる季節であって、同じマサバではないのか？

いろいろ納得がいかん部分はあるのだが、嬉しいので良しとする。リトルコアは別として、魔物が落とすドロップは1種類から最大6種類。サバは多い方か？　秋も寒も同じマサバ扱いなら少ない方だが。

新鮮な鯖だ。刺身もいけるか？　鯖缶というものが昔はたくさんあったらしいが、年長者に聞く限り、普通に水煮にしたものとはまたちょっと違うらしい。味噌煮というのもあるらしく、実は私の一度食べてみたいものランキング上位だ。

上機嫌で11層を進める。

イワシも出た。ドロップは『マイワシ』『カタクチイワシ』『ウルメイワシ』『入梅イワシ』。

11層のリトルコア以降は、層に出る魔物の種類が増える。戦うには面倒になるのだが、このダンジョンではいいことだ。

イワシは「梅雨の水を飲む魚」。入梅の頃が産卵前でよく太っているからとか、梅雨の雨で森の栄養が海に流れ込んでプランクトンが増えて餌が豊富だからとか、まあとにかく入梅の頃はイワシの一番美味しい季節らしい。

明日の店との顔合わせでは、マアジとアカアジ、ムロアジ、イワシとサバ各種を持ち込むことになりそうだ。

あ。クーラーボックスを買っておくべきだった。

慌(あわ)ててダンジョンから出て、町のダンジョンへ向かう。既に暗いが、平日は仕事帰りにダンジョンに寄る冒険者が多く、この時間が一番混み合う。普段は避ける時間だが、おかげでダンジョンの外の店も遅くまで営業している。

無事クーラーボックスと、氷を入れるための厚めの袋を購入。セーフ、セーフ。

そして、翌日。鷹見さんとの待ち合わせは市のダンジョン。

うん、待ち合わせ前に買えばよかった。いや、売り切れてなかったかもしれないし、当日慌てるよりはいい。

近辺で作っているものならともかく、運ばれてくるものは在庫がない場合も多い。というか、見本だけ置いてあって、注文してから取り寄せる場合も多いのだ。

今回は昼に合わせ実際に料理をふるまってくれる話で、午後も仕事の鷹見さんには悪いがどうやら少し酒も出るようだ。

生産ブースでカードを【開封】し、クーラーボックスとビニール袋を抱えて、鷹見さんの車で移動。信号待ちを含めて5分かそこらの近さ。

着いた場所は、主要道路から少し中に入った場所。低めのビルに、出来立ての玄関。上は他の会社の事務所がいくつかある感じだろうか？　そちらとは出入口を独立させて作ったようだ。

鷹見さんはエリートらしい印象のイケメンなのに、卵と丸どりの入ったビニール袋を下げている。なんともミスマッチ。

まだ暖簾もかかっていない玄関に入ると、店名なのか「翠（みどり）」と書かれた路地行灯（あんどん）が一つ。もう一つ引き戸を開けて、すぐにカウンター、奥は個室か？　この間の天ぷら屋といい日本食系の店でよくある造りだ。

む、日本酒の並ぶ冷蔵庫発見。ラベルが見えるようにディスプレイ？　いいな、中身ごと欲しい。

「こんにちは」

「いらっしゃいませ、お待ちしてました！」

鷹見さんが声をかけると、娘さんがにこやかに迎えに出てきた。

まだ若いが子供ができたという娘さんだろうか？　明るい笑顔の人だ。そしてあとからのそりと仏頂面（ぶっちょうづら）の親父が出てきた。

「……」

無言、眉間に皺。

「お父さん……っ」

「ああ、こんにちは。すまないな」

娘に肘（ひじ）でつつかれ、何か切り替えたのか挨拶してきた。

どうやらこの取引をあまり望んでいないけれど、仕方なく、のようだ。

「はーーーっ」

ため息を深くついて、背筋を伸ばしこちらに向き直る親父。

「すまん、今まで海で獲れたものを自分で目利きして入れてたんでな。こっちに越してくることを選んだのは自分だってのに、嫌な態度をとった」

きっぱりと頭を下げてくる。

「いえ。一度、越してくる前の料理を食べたかったですね」

出てきた時はあれだったが、割と好印象。

それにしても天然物の刺身か。もちろん自然のものは育つ環境によって当たり外れがあるが、当たりの旬の魚はとても美味しい。私、やっぱり海辺に越すべきだったろうか……。いや、肉も好きなんだなこれが。

「関前（せきまえ）はじめです」

「菜乃葉です」

「滝月要です」

あらためて挨拶し合う。

「他に姉の花乃葉、姉の夫の和人で店をやっています。姉は今、子育て中で滅多に顔を出しませんが」

娘さん改め、菜乃葉さんが説明してくれる。

「さてでは、肝心の魚を見ていただきましょう」

鷹見さんの言葉で本題に入る。

「どこに置けば？」

傷のない真新しいカウンターにクーラーボックスを置くのは躊躇われる。

「こちらに」

「運ぼう」

菜乃葉さんが先導し、はじめさん——親父でいいか——がクーラーボックスを持ってくれる。

カウンターの中は見せるための調理場、その隣の部屋に冷蔵庫やらが並んだ下拵えをするための調理場がある。

個室がある通路に入ってすぐに入り口があり、案内されたのはそこだ。カウンターの中は木製の設備が主だったが、こっちは機能的にステンレス。でかい冷蔵庫とでかい流し。焼き物や煮物をするための設備。

おそらく皿を並べ、盛り付けをするための広い台。その台の上にクーラーボックスが置かれ、開かれる。

「魚の大きさが違う？　ダンジョン産と聞いたが？」

開けて驚く親父さん。

菜乃葉さんがすかさず大きなステンレスバットを持ってきて、そこに親父さんがアジを並べていく。サバは3匹持ってきたが、マアジやマイワシは適当に詰めたので何匹だか分からん。

「若鳥も丸のままですよ」

鷹見さんがビニール袋を開く。こちらも一応氷は詰めてある。

さすがにクーラーボックスを2つ買う気にならなかった結果だ。

「おお！」

「この状態で出るのは、珍しいらしいですね」

きらきらした顔で私を見てくる親父さんに戸惑いながら言う。

海外では多いというか、あっちは頭つきが普通らしいが。

「アジは秋の肥えたのも美味いが、5月の小ぶりのものも美味い。サバは——身に丸みがあるし、触って硬い、エラも赤が鮮烈。刺身もいける」

アジ、お前もか。

大きさだけでなく、『秋サバ』『寒サバ』のように名前はついていないが、本当に季節も違うのか、うちのアジ。

そういえば、イワシ類のカードは、道中のドロップにしては20から30と書いてある数字のやたら大きなものが混じっており、開けてみたらシラスだったな。

『秋サバ』『寒サバ』というカードがあるのだから『シラス』ではダメだったのかと、またダンジョンの不思議が増えた。

「ダンジョンのドロップは、住んでいる人間の記憶、自覚なく必要としているもの、無意識の願望が反映されると言います。日本人は綺麗に規格が揃ったパック詰めのイメージが強かったのでしょう。結果、大多数のダンジョンがそういった形でドロップする」

鷹見さんが説明している間も、魚と若鳥に見入る親父さん。

菜乃葉さんはそんな親父を嬉しそうに見ている。

ダンジョンドロップは、住んでいる人間の集合意識で決まりがちか。私のダンジョンは、黒猫とイレイサーはともかく、私だけの意識で形成されている。なるほど、このドロップ形態は私のせいか。

で、私は日本酒で、鷹見さんは烏龍茶で乾杯。用意してくれていたらしい先付けをつまむ。

「ムロアジは干物やクサヤにされることが多いですが、脂がのったのなら刺身も美味い。食べ比べてください」

アジとムロアジ、イワシの刺身が出される。

さすが本職、包丁さばきに引っ掛かりがなく、切り分けられた魚の身も綺麗だ。無理矢理切ると刺身が水っぽくなるのは気のせいではないと思う。

「烏龍茶なのが残念です」

鷹見さんが笑って言う。

青魚を食べたあと、酒を含むと香りが鼻の奥をくすぐる。焼き鳥、酒を途中で変え、サバの味噌煮。最後はゴマサバのヅケ飯で締め。

人の作った飯は美味い。片付けもいらず、酒に酔う。

契約は無事成立。仕入れは早朝が都合がいいと言うし、カードの【開封】のタイミングもある。ギルドのオークションに便乗するのは、とても都合がいい。

私はカードを切らさないよう補充すればよく、そこから親父さんが毎朝必要なカードを購入し、【開封】して仕入れる形に落ち着いた。

【開封】するまで、魚の大きさが分からない問題はあるが、それは構わないと言ってくれたので。

買ったクーラーボックスについては、新しい食材がドロップしたら、暇があれば見せにくることになったのでこれからも活躍予定だ。

「どうでしたか？」

「美味かった。それに人も酒もいい」

車に乗り込みながら聞いてきた鷹見さんに答える。

鷹見さんが言ったように、通うことになるだろう。

「また今度、ご一緒したいですね。次はあとに仕事がない時に」

鷹見さんが笑う。

笑顔が胡散臭く見えるが、見えるだけだ。たぶん。

「私の方はいつでも」

ダンジョンで責任ある立場の鷹見さんと違って、私は気ままな暮らしだ。

2人で行った方がいろいろ注文できる、食の好みが合う鷹見さんとの食事は大歓迎である。

「もし、天ぷらによさそうな白身の魚が出ましたら、前回お連れした店にもぜひ」

にこやかに鷹見さんが言う。

「ああ」

相変わらず如才(じょさい)ないなと思いつつ、天ぷら屋、酒を飲むには代行を頼むしかないかと別なことを考える私。

鷹見さんと一緒に市のダンジョンに戻り、生産ブースで酒が抜けるまでだらだら。

私のブースはツツジさんやアイラさんのブースのように広くない。椅子に座ると行儀悪く作業台に足を載せ、半分寝そべるようにして過ごす。あ、これ、熱いおしぼりと冷たいおしぼりも常備しよう。あと寝そべるための椅子が欲しい。

関前さんの店の業務用の冷蔵庫、でかくてよかったな。冷蔵庫、酒用の冷蔵庫、ダンジョン用の寝椅子、ここの椅子——いや、いっそベッド。物欲が溢れてるのだが、どうしたものか。

酔いに任せてしばらくだらだらしたあと、『変転』。こっちの姿は、生身の異常を引き継がない。健康面に問題がある人も、ダンジョンでは活躍できる。

一部、少しでも動くと血管が破裂しそうとか、そういった人は鎖が現れ『化身』に絡まり動けなくなるそうだ。動けないかもしれないが、驚きで興奮して血管切れる気がするが。まあ、それで病変を見つけたという人が時々何かの番組に出ている。

ほんの少しだけ生身に影響を与えるという、ダンジョンでの活動は、リハビリにいいとかなんとか。

生身の酒が抜けるまで、とりあえず生産のための下準備をしておくことにする。具体的には魔石を粉にする。

くるみ割り器のようなもので魔石を適当な大きさに割り、あとは乳鉢で均一な粉になるまですりつぶす。これをせっせと続け、専用の瓶に移す。なかなか手間と根気がいる作業なのだが、何も考えない単純作業なのでそう嫌いではない。

この魔石の粉だけ作っている生産者もいるので、どうしても大量に必要な時は、買って済ませることもできる。粉にする必要に迫られているわけではないので、この作業も楽しめるのだろう。

本日はまた1層から。
普通のダンジョンであればくまなく回る必要はないのだが、マアジ確保のためきっちり回る。『白地図』で地図を作ってあるのだが、道を全部覚えてしまいそうだ。
スライムの出る偶数層はスルー、階段から階段までの最短を行く。ここまでのスライムのドロップは、珍しいものでも高価なものでもないので買った方が効率がいい。もしくは10層のリトルコアをやるか。

鶏は回るが、玉ねぎは微妙だ。早く新しい階層を見たいので、今はパスするか。近隣の畑で作っているのと、葉物などに比べて保存がきくので手に入りやすい野菜だ。階段から階段へ移動する間に、自分で使う分には十分な量が集まる。

12層。

こちらもブルースライムで、町のダンジョンでは10層に到達する前に出てくる魔物。

相変わらず赤黒いので、ブルーなことはドロップから判断している。たぶん、町のダンジョンのスライムより強めなのか？　正直違いがよく分からんのだが。

ドロップは変わらず『青い薬草』がメイン、気力の回復薬に使う。あとは鉄と粘液とか。

……そっとブラウンスライムを混ぜるのはやめろ。倒す手間は変わらないが、ドロップでびっくりするわ！

『茶色の粘液』『茶色い薬草』『鉛』など。粘液は上と下が茶色い瓶ができる。毒薬や毒消しなどを入れる瓶だ。普通の瓶に入れると溶ける、中に入れるものによって、瓶も変えるのだ。

『茶色い薬草』は回復薬系を混ぜるために使う。例えば『生命』と『気力』がひと瓶で回復する。１００回復するうち、50：50や30：70など調整もできる。ツバキたちの依頼で、時々作っている。

13層の階段を見つけたところで戻る。この戻るのが微妙に面倒なのだが、仕方がない。昼飯を食べて出直す予定だ。

……そろそろ弁当を持って入ることにしよう。作るか？　流しはつけたが、他の設備を入れる必要がある。だが、可能だ、な？　足りない食材は市のダンジョンで買えばいい。

また金がかかる。冷静になれ、私。市のダンジョンで弁当を買えばいいんだ。たとえそれがあまり美味しくなくても！

……シャケ、シャケがこのダンジョンから出たら考慮しよう。うん。どうにも財布のひもがゆるい。貯金はあるが、このダンジョンは消えるかもしれないのだし、それには手を付けず賄いたい。前借りダメ、絶対。

イレイサーが倒すべき対象はほぼ確定した。江州ＳＮＳや動画で配信をしている奴らが多いので、昔のツテを使うまでもなく少し調べたらすぐだった。

個人情報ばら撒きすぎだろうと思いつつ、ありがたく情報を拾わせてもらった。

まずイレイサーは柊蓮花、柊雪杜の双子。名前から言っても確定、人のことはいえんが、もう少しひねれ。

倒すべき対象は青葉正義と青葉さくらのどちらか片方か、あるいは2人。

レンの反応から青葉兄妹のどちらか片方は確定。ダンジョンの不正利用の末の研究成果ならば若くても理解できるが、実際に研究した者は年齢的に別にいると思われる。対象のもう1人は、その研究者の可能性もある。

研究で生み出されたものが対象なのか、その研究をした者が対象なのか――まあ、私はユキではなくレン側の協力者っぽいので、対象は青葉兄妹のどちらかだ。

青葉の2人は1度、氾濫の時にリトルコアを仕留めている。県と協定を結んだ勇者で、そのため、その県、特に青葉の通うダンジョン周辺では絶大な人気。

大元の投稿は削除済みだが、『心配しています、少しでも情報を教えてください』で、柊双子の情報を募っていた跡がある。

レンとユキの話からすると、青葉のどちらか、もしくは2人ともがストーカーで、身を隠しても青葉の信者と、善意のあんぽんたんのせいで居場所がバレるを2度ほどやっているらしい。おそらく個人情報も垂れ流されていたのだろう。

なお、この辺りは青葉のアンチによりまとめられており、簡単に情報が拾えた。一応、裏付けもとったが、まあ、なんというか双子が可哀想（かわいそう）と書きつつ、柊たちの情報も上げているのだから、どっちもどっちだ。

柊たちがこちらに越してきたのは、両親が事故で亡くなったのをきっかけに、ストーカー優位な周囲から脱却してきたようだ。隣の家だったらしいし、ストーカーの立件も難しかったろう。

こっちに引っ越す前に2度転居して、2度押しかけられてるようなので、弁護士を入れたのはそのあとのようだ。

青葉の通うダンジョンは某大企業の持ち物だが、冒険者ギルドのダンジョンと同じく一般に開放している。

その企業は、青葉、柊両家の親の勤め先の企業でもある。ダンジョンの禁忌（きんき）を犯して何をしたいか知らんが、組織ぐるみなんだろうな、これ。

ヘタをすると、柊双子の両親も何か関わっていそうだ。果たして、事故は事故だったのだろうか？

この情報を政府側に流したとして、政府（奴ら）はすぐイレイサーまで探り出しそうだ。黒猫の条件的に、イレイサーが誰だかバレるような行動は慎むべきだろうな。それに復帰しろとかまた絡んできたら面倒だ、黙っておく方向で。

5年内になんとかなりそうもなければ私が倒したい誘惑にかられつつ、とりあえず情報だけは集めておく。自分の存在は隠したうえで、相手のことをよく知っていれば、暗殺者に強さは必要ない。

いや、もう引退したし。身分証も装備も返納したし。でもダンジョンから胡椒とか酒とかドロップしたらどうしよう。落ち着け、私。イワシのカードからシラスを選び出す作業に戻るんだ。

シラスはマイワシやカタクチイワシの稚魚だ。集めておいて、ちりめんじゃこや釜揚げシラスを作りたい。あと薄く敷き詰めて焼きたい。

カードの整理を終え、ダンジョンから出て昼の準備。

白飯、汁物、シラスを生のまま生姜醤油で。翠を真似て、サバの味噌煮、卵焼きに漬物。

うん、シラスの生は少し苦手だ。サバの味噌煮はご飯が進んだのだが、1匹分を一度に食えないので残りは冷凍保存。

やはりこう、2台目の冷蔵庫が欲しい。私の冷凍庫、正月にいただいた切り餅も入っているし、容量が足らん。

柊さんにお裾分けできれば解決するんだが、イレイサーの双子の存在が邪魔をする。料理済みを藤田さんやアイラさんに差し入れるのは微妙だし。

もともと濃い人付き合いをするタイプではないので、お裾分けの相手がいない。

昼を食べ、ダンジョンへ。

13層の魔物はシルエット的に猪……いや、背の形を見る限り小型の豚。丸のままかどうかが分かる時が来た。

もそもそと地面の匂いを嗅いでいるような仕草。こちらにはまだ気付いていない。魔物に対して久しぶりにどきどきするのだが。

わざと音を立てて近づき、魔物がこちらに気付いたところで【幻影回避】を回避目的ではなく使用、距離を詰める。私の幻影に向かって突進してきた豚がすれ違った瞬間、刀を振り下ろす。

この魔物の生命がいくつか知らんが、浅い層の現実世界の生物と似た姿を持つ魔物は、体の構造も似たようなもの。首を落とせば死ぬ。

強化していない武器なんで、思いのほか手に反動が来たが、魔物は光の粒に。

そしてドロップカード。

『白トリュフ』

——肉じゃないだと!?

だいぶ予想外だが、これはこれでいい。ただ食ったことがないので、喜んでよいのかどうかは微妙。ダンジョン以前の記事を読む限り、珍重された美味いものらしいが、味より香りの印象を受けている。好き嫌いというか、好きとどうでもいいの差がありそうだ。

豚か犬が地中から探し出すもののはずなので、この層の魔物は豚で確定。小さいが魔物に「子供」というのはないので、「子なんとか」と呼ばれる魔物でも育つことはない、最初からそういう魔物だ。

テンションが微妙に下がっているが、再び遭遇した豚を倒す。【幻影回避】の学習だと割り

切ろう。

そして豚の絵。

……そうだな、ドロップは数種類あるな。なんとなく食材は1種類というか、同じ系統のものだと思っていた。

『子豚』の文字、数は1。絵のシルエットは開いてぺたんと伏せたような豚の絵。内臓抜きの1頭か、これ？ 丸焼き用？

豚の丸焼きには少し憧れるが、絶対1人では無理なことも理解している。解体は、ダンジョンに入っている業者に頼めばいいだろうか。ただ、市のダンジョンは、ある程度部位に分かれてドロップするので果たして解体ができるかどうか。既に部位に分かれているものをスライスするだけな気がそこはかとなく。

今後、でかい豚や牛が出た場合のためにも解体ができる食肉業者を探したい。確か設備、人共に資格がいるはずだ。見つかるまでカードを売ることはできても自分で食べるのは無理そうだ。

カードの状態でとっておけるので、あとの楽しみにしよう。市のダンジョンのリトルコア以降に出た豚肉とどちらが美味しいだろう？

豚のドロップは『子豚』（おそらく内臓なし）、【開封】する勇気はなかった。『白トリュフ』

『オータムトリュフ』『ウィンター黒トリュフ』『ビアンケットトリュフ』『サマートリュフ』。

トリュフ出すぎじゃないか？　トリュフの魔物なのか、こいつ？

いや待て。『ベーコン』『ハム』『生ハム』『ソーセージ』ってなんだ。加工食品も出るのか？　ドロップ多すぎでない？　いや、もしや同じ豚の魔物だと思っていたが、別の種類の豚の魔物が混じっている？

色違いの豚だとか言われたら分からん！

こっちの居場所をアピールして、豚が走り出したら【幻影回避】、回避は斜め前に進み出て、幻影に向かって突進してくる豚の首をすれ違いざまに斬る。これの繰り返しをして、【正確】に最適な動きを上書きしていく。

豚の違いはさっぱり分からんままだったが、【幻影回避】と刀の修練にはいい、かな？

豚の加工物は市内に出回っているが、自宅で賄えるのはいい。食べてみなければ分からんが、もしかしたら胡椒もたっぷり使われてるかもしれん。生ハムは何か台のようなものがいるはずだ、なにせカードに描かれているのは立派なモモが1本のシルエット。

14層、はスライム。相変わらず真っ黒なので遭遇しても細かな種類は分からん。私はこんなにも見た目に頼った攻略をしてきたのか。いや、普通頼るよね？

通常のスライムの間合い、観察を諦めて踏み込もうとした時、何かが飛んでくる。何かを確認しないまま、上体を逸らして避ける。

なるほど、ロックスライム。今までのスライムは体当たりが主な攻撃手段だったが、これは石を飛ばしてくる。赤黒くなければ、半透明の灰色で中心に石が浮いているはずだ。

やはり赤黒いシルエットのみというのは難易度がだな。まだ浅いので攻撃を受けても惨事にはならんだろうが、深い層のスライムもこれか？【幻影回避】を初っ端に使って、相手の攻撃手段を確認するなど対策を考えねばならん。

刀を振り下ろすと、かすかな手応えのあと、がきんと硬いものが当たり、スライムが光の粒になる。

ドロップは鉱石類。浅い層のスライムと同じく、鉛や銅、鉄などだが、不純物が少なくそれなりの塊を落とす。

攻撃よりで使用していた【幻影回避】を、ロックスライムの攻撃を誘発しながら回避するために使う。通路は狭いし、放射状に広がる攻撃を想定するなら、やはり前に動いて距離を詰めてしまった方が側に避けやすいだろうか。

投網のように広がるスライムもいるんだよな。苦無で相手の攻撃範囲の外から突いて様子を見るのが無難か。

今のところは力任せ、速さ任せで倒せるが、色が分からんだけでここまで難易度が上がるとは。

15層へ降りる階段を見つけたところで、レベルが上がる。

淡く光るカードは【椿】、『火』『力』。【杜若】、『水』『気力』。【藤】、『地』『頑健』。【菊】、『光』『体力』。

ダンジョンに長くいたいので、『体力』『気力』『頑健』共に欲しい。だが刀を振るうために、『力』ももう少しあった方がいい気がする。今までは苦無だったため、『力』は後回しにしていた。

迷った末に【椿】と【藤】。


『椿、力』

『藤、地』


濃緑の葉に赤い花の絵と、黄緑の葉に薄紫と白の花の絵が光になって飛び散り、『変転具』に吸い込まれる。

【藤】は目論見（もくろみ）が外れて『地』属性が上がった。

私は魔法のような属性を使う類のスキルを持っておらんので、任意で利用はできない。だが、属性が上がると属性つきの攻撃を食らった時のダメージの相殺や、能力などの補正が少しあるので無駄というわけではない。

この刀、せっかくだからそっち方面に育てるか。――対象を倒すという目的を達成し、授かった武器防具をなくす時、強化分はもともと持っている武器防具へスライドし、能力は『変転具』に宿るのは聞いた。それは選択し、進化させた能力も引き継ぐのだろうか？　例えば、刃を飛ばすような進化先を選んだとして、どこから飛ばすんだ？

私は持っているのが苦無なんで、苦無からなんだろうが、最初の武器に刃がない場合は？　サブ武器として生産品を買うことになるのかな？　今度イレイサーに会ったら聞いてみよう、知らんかもしれんが。

階段を無視して、層を回り『白地図』を埋める。

15層を少し覗いて本日は終わりにする。

で、15層の敵なんだが、なんか枝のようなものが歩いている。

長野のダンジョンに行った時にいたやつか？　『リビングブランチ』とか、そのまま『歩く木の枝』とか呼ばれていたはずだ。私が戦ったことがあるものより、太さが均一な気がするが。

……ネギでした。ネギの魔物なんて初めて遭遇したぞ⁉　いや、どこかのダンジョンにはいるのだろうが。赤黒いシルエット、本当に難易度高いな⁉

『根深ネギ』『赤ネギ』『九条ネギ』『あさつき』。ネギだな？　分かった、今日の夕食は鶏とネギでネギマを作る。

たぶんもう1種類別の魔物がいるはずだが、なんだ？　またシルエットが同じか？　色違いか？　通路を先に進むと、またネギ。いや微妙に節があるし先が細い。リビングブランチ、お前もいたのか！

カタカタ動いて枝をしならせ、打撃攻撃や貫通属性の攻撃を仕掛けてくる。ネギには貫通属性の攻撃はなかったが、リビングブランチにはある。枝を振るい、突き出す速度は速いのだが、その前にカタカタと前振りをするので、とても分かりやすい。

こちらも刀で弾く訓練にはよさそうか？　わざわざ刃を合わせにいき、跳ね上げる。枝が逸れたところで本体に一撃。うん、まあまあか。

ドロップは『ユズ』『カボス』『スダチ』『ライム』『レモン』『木材』。柚子のお裾分けは柊さんから冬にいただいた。冬という季節を楽しんだ記憶。季節感とは……っ！

いや、夏でもゆずぽんで豚しゃぶができるな？　それに魚に絞って……、アジフライにレモンもいいな。うん、良しとする。ダンジョンに季節感を求めるのは間違っている。

1部屋目に戻って『根深ネギ』と、朝食用に『ベーコン』を【開封】。『ベーコン』は絵で分かってはいたが、ブロック。……想像以上にでかいんだが？　1キロくらいないか、これ？

市内に流通しているベーコンは、ベーコンとしてドロップしたものではなく、ダンジョンのドロップ肉から加工されている。微妙にメーカーで味が違うのだが、これはどうだろう？

今は作業台で出しているが、イレイサー側への扉を囲む棚、そこに【開封】する場所を確保する予定だ。

トリュフの類は、料理の仕方を調べてから開ける。『子豚』はここで開ける勇気がない。開けたら食い切る自信が全くないぞ。

鷹見さんにまた相談するかと思いつつ、台所に向かいネギマの準備。太くて白い根深ネギは、包丁を入れた時に柔らかさが分かった。

鳥のモモ肉と交互に刺して、塩を振って魚焼き器で焼く。焼いている間に、ベーコンをなんとかする。

スライス、パスタ用に長方形、ポトフ用に大きめなど。ついでに分厚く、四角く切ったベーコンを串に刺して、焼き鳥の隣に突っ込む。

パン切り包丁についた脂を拭い、1週間中に使い切りそうな分だけ取り分け、残りは冷凍庫へ。冷凍庫、冷凍庫が圧迫される……っ！　冷凍庫がパズルのようになったんだが？　これ、出す時に分かるだろうか。

さて、ビールだろうか？　日本酒だろうか？　ビールにしようか。焼き鳥は、肉の旨味にネギの甘さ、塩気がとてもいい。ベーコン串は焦げた脂と塩気で酒が進む。

晩酌(ばんしゃく)しつつ動画のチェック。プライベートダンジョンは結構公開している人が多い。持ち主本人ではなく配信者に貸しているパターンも多いらしいが。

1部屋目の紹介は、おしゃれなガレージ自慢やDIY部屋自慢のようなものだが、ダンジョン特有の注意点などもある。

その中に「動力機構は魔石1つのものだけ」というものがある。2つ以上のものを使うと、魔物が現れないはずの1部屋目に魔物が入ってきてしまうことが理由だ。魔石1つだけのものなら、たとえ部屋から見えるところにいようと、影響はないそうだ。

魔石同士、一定の距離があれば動力機構を複数設置することは可能。

どうも自分の持つ魔石——落とさん魔物がほとんどだが——と同じだったり、弱ければあまり興味を持たず、強いと寄っていって従う習性があるらしい。

寄ってきて魔物でないと分かると、暴れる、と。

また、魔石の動力機構は強いほど魔物を呼び寄せる範囲が広くなるらしい。魔石から動力を吸い出す仕組みそのものが魔物を引き寄せるという。

ついでに機械や昔使われていた石油製品の類は魔物の破壊衝動を高めるため、留守の時に1部屋目に侵入されたら、置いておいたものは全て諦めろ、という話だ。

市のダンジョンのように一般に開放されているダンジョンは、24時間1層に冒険者がいない状態の方が珍しいし、ギルド職員が1部屋目にいる。何より1部屋目がだいぶ広いため、通路と上手く距離を取っていればほぼ使い放題なのだが、プライベートダンジョンでそれは難しく、留守の時に魔物が復活して部屋を荒らす確率が高い。

復活の時間を正確に測って対処する方法もあるが、現実的には難しい。1層の魔物を全部倒してしまえばいいのだが、倒しているうちに別のルートから部屋に移動される可能性もある。

魔物を倒していく間、入り口についているもう1人がいないとダメということだ。一本道のダンジョンであればいいのだが、あいにく分岐も合流もある。

どうしても2つ以上の魔石を使う動力機構を置きたいのなら、ダンジョンの入り口の外に置いておいて、使う時だけ運び込め、という……。

そういうわけで、「魔石1つの動力機構で快適調理！」とかいう動画をですね……。将来的には場所を整えたいので、今のうちに無駄なものを買わないように知識を入れておきたい。

——知識を入れておくだけです、今すぐ買い揃えるわけではないです。本当です。

続いて本日のドロップについて調べる。予想通り、ネギ類は結構他でも出ている。子豚の開きはなし、海外で内臓つき丸のままはある。

うちのダンジョン、ドロップする形態がやはり特殊のようだ。

朝は暑くならないうちに草取りタイム。

少しさぼっていたら大変なことになっとる。魔物にも再出現まで時間があるのだから、草にもその期間を設けてほしい。この季節、新緑が美しいが、草が元気すぎる。

小さな虫には捕食者であるオニヤンマが効く。手軽だし疑似オニヤンマとしてトラロープを切って下げとけ！　という記事を見て実践中。市販や自作の虫よけより効く……気がする。が、蚊には効いていないような気もする。

昼飯はトリュフ入りオムレツ、ベーコン、ベビーリーフといえば聞こえはいいが、間引いたレタスのサラダ。そのうちチーズを買って、トリュフ入りチーズリゾットを作りたい。ああ、調べた時の動画の影響をもろに受けているとも。

マアジと同じくトリュフは大きさがさまざまだった。カードから出したあとは正直見分けが怪しい。白が2種類、あとは黒だ。

白は外皮が薄く、柔らかく繊細で、一番高い。虫食いや木の根の影響で変色したり欠けたり――この辺はダンジョン産には関係がない。『ビアンケットトリュフ』も白くて、こちらは春先に一部地域でしか採れないらしい。

黒は名前からして採る季節が違うだけで同じものだな？　と思っていたら違うものだった。サバからのフェイントがひどい。基本的には白も黒も同じトリュフってことで……。同じ削りたてで比べれば別だが、香りの嗅ぎ分けなどきかんわ！

松茸（まつたけ）の香り、海外の人は土臭（くさ）いだけなんだろう？　慣れんキノコの香りは分からん。

それにしても、ダンジョンのドロップは「日本で採れる食材（もの）」だとなんとなく思っていたのだが、どうやら違う。『ビアンケットトリュフ』は一部地域――イタリアで採れるものだ。

胡椒などと同じく、日本での栽培にチャレンジした過去から続く埋もれた偉人がいるのかもしれんが。実際『黒トリュフ』と『白トリュフ』は、日本の森で採れたものとダンジョン産とがごく少量出回っている――と、今回調べて知った。

これは香辛料への期待を高めてもいい感じだろうか？　好きな時に好きなだけカレーを食えるチャンスが！

昨日に続いてダンジョンに行きたくなったが、今日は市のダンジョンへ行ってオークションへの登録と生産をせねば。

『翠』の開店日は明日だし、豚の丸焼き……ではなく、子豚のこととトリュフのことを鷹見さんに相談したい。

『翠』で飲んだ時に、以降も食材が増えることは確定しているし、そのあたりは連絡が欲しいと言われている。

食材で、私がどの層まで攻略しているかバレそうだが、そこは10層以降は広くなったとか、1度に出る魔物の種類が増えたとか、それとなく言っておこう。既にスライム分、少なく見積もってくれる気もするが。

さて、出かける準備。

到着後、食材以外の不要なカードを売り払い、さっさとオークションに登録。鷹見さん待ちの時間にカードの補充と生産。そして鷹見さんと呑む。

「和食が続きましたし、オオツキさんのドロップ品に合わせてビストロを」

車の運転をしながら鷹見さん。

ビストロは、フランスの大衆食堂や小規模な店のこと、あまり気取らない庶民が利用する店というような意味だったはず。要するに形式にとらわれないフランス料理屋だ。

餌付けされている自覚はある。プロの作った白トリュフ（私の持ち込み）のチーズリゾット、美味しかったです。チーズの塩気と米が絡んで黒コショウが利いて——トリュフも薫(かお)り高かった、ような気がする。

まだ在庫はあるが、ブラックペッパーの新しいものも欲しくなった。新しいものは香りの強さが段違いだ。この市には扱う店があるので、前のように大量買いする必要はないだろうし。だが、その前に在庫を使い切らねば。

それにチーズ美味しいです、チーズ。これはトリュフと物々交換してもらった。オレンジっぽいラズベリー色のスパークリングワインが、辛口でチーズリゾットによく合っていたのでそれも。こちらは封を切ったものしかなかったため、次回私の分も取り寄せてくれるそうだ。

ことも取引は確定。

だって、鷹見さんの選ぶ店、美味いんだからしょうがない。

珍しいことは珍しいが、使い勝手の悪そうな『子豚』については、解体業者探しと共に、店も選定してくれるそうだ。中華と沖縄料理屋が候補にあるらしい。ただ、丸焼き状態で出す機会は少ないので、店主の人柄が大丈夫そうであれば両方、とのことだ。

柑橘も薬味の類としてどの店にも喜ばれるだろうから、取引のできた店には売る方向で。野菜の類も、農家が下ろしている季節は遠慮して、他の季節に売ればいいとのこと。それなら競合しないし、高く売れそうだしで確かにいい。

というか、野菜の旬の時期にダンジョン産の同じ野菜の販売は控えるという法律があったことを思い出した。

年の販売額が12万円まではいろいろゆるいのだが、それを超えるといくつかの法律が適用される。

その中に、旬の野菜のダンジョンドロップの販売を規制するものがある。

個人がギルドに売ることはできるのだが、それをギルドが一般に売り出すことはない。ダンジョン産は季節外れのものしか流通に乗せない。

食べる方に法の制限はないが、出回る量が少ないものは、ダンジョン産とはいえ高くなるので、必然的に外のものを買う。

ダンジョン産は、生身に摂り込める栄養が外のものより低くなる。外の生産者の領分を邪魔しない意図ももちろんあるだろうが、健康のために旬のものを食っておけよということだ。

『化身』も腹は減るし、一定を超える飢餓は体力気力が減るものの、腹を満たせばいいだけで、栄養素については特に気にしなくていいらしい。

肉に関しては、地域による。流通に乗せられるほど多く飼育している産地は限られるため、旬の時期でも各地に回らないからだ。

そういうわけで、食にこだわりがない者は、ダンジョン産が出回り一番手に入りやすく、腹に溜まる肉を食う。手軽さとコスパ重視だ。

ダンジョン産を避け、外のものしか口にしないという者もいれば、肉は絶対ダンジョン産しか口にしない主義の者もいるので、人それぞれではある。

私？　私は美味しければ。外の生産物は出来不出来があるが、旬のものを食べるのは気分的に嬉しいし、味以外でも美味しく感じるタイプなので。

ダンジョン産のものは『化身』で活動するためのカロリーはあるが、栄養価は極端に低いので、外のもの――特に野菜を食べることが推奨されている。ダンジョン産、味は普通だというのに、どういう仕組みなのか謎だ。

それでもダンジョンの食材は、食料自給率の低い日本の大きく欠けた部分を賄っている。

ほろ酔いで市のダンジョンへ、鷹見さんと別れていつもの生産ブース。

ここの生産設備、外から持ち込んだものが混じっている。その方が安いしそれでいいと思ったのだが、失敗だった。

ダンジョン産のものに全部取り換えて、【収納】できるようにすれば、ソファかベッドなんかをこう……。また金のかかることを自分の生産ブースを眺めながら考える。

アイラさんやツツジさんは、趣味のものを飾ったり壁紙を貼ったりしている。貸出ブースは時間貸しで、当然ものを飾っておくということはできない。私は生産を終えたら、さっさと出るので特に何もするつもりはなかったのだが、個人ブースの所持者は荷物を置きっぱなしにしたり、「飾れること」も一種のステータスではあるらしい。

個人ブースを区切るパネルは、音消しの付与がかかっているし、荷物を置いておく関係で鍵もかかる。仮眠する環境的にはとてもいい。

ちなみに共有ブースは音消しの付与がないので、ハンマーや、魔石を粉砕する機械の音でかなりうるさい。

私のブースは狭いが、作業台も含めて全部【収納】してしまえば、シングルベッドとちょっとした家具程度なら入る。寝るかだらだらするだけなら上等だろう。

……買い替えか。過去の私がケチらないで【収納】できるものにしておけば！　個人ブースの話を受けた時、まさかこんなに外で酒を飲む機会に恵まれるとは思ってなかったんですよ。

トリュフはそう大量に使うものではないので、ダブつくようなら購入者指定ではなく、普通にオークション形式で出してはどうかと言われた。他のダンジョンでも産出されないような珍しいものならば、おそらくそれなりの値がつく。

——が、匿名とはいえ、送料の関係でどこのダンジョンで登録したカードかは大体分かる。このダンジョンのギルドは鷹見さんをはじめ、守秘義務を尊重してくれているが、他の場所のギルドも一律そうかといえば、そうではない。

もしそういう輩が湧いたとして、最初にいろいろ言われるのはここのギルドになるだろう。鷹見さんに面倒をかけそうだ。

それも承知でオークションを勧めている風でもあった。魚系は公開していても、他に出る場所はあるしスルーされるだろうが、丸どりや子豚など、目立つものも混じる。ちょっとオークションを覗いて、どんなものが出品されているか、やりとりがどんな状態か確認しよう。

金はいくらあってもいい。飯以外で、自分にこんなに物欲があるとは思わなかった。

家のダンジョンに潜る。

15層のネギと枝を平らげて、さっさと17層に行きたいところだが、ここで刀の修練をしているため、歩みが遅い。

横に薙ぐのは簡単だが、あえて縦に切り裂く。おかしな姿の魔物だが、倒し方を縛るだけで難易度が跳ね上がるので、修練にはちょうどいい。リビングブランチも同じく。

面倒だが必要な作業だ。世の中には剣豪やら剣聖やら、何もしなくてもある程度剣を振るえてしまう称号やスキル持ちがいるが、私の【正確】はそうではない。応用範囲は広いが、その分理想的な動きになるまで繰り返し、動きを確かめ、なぞらなければならない。

昔使用していたサブ武器なので、ある程度精度は上げてあるのだが、苦無ほどではないし、ここまで時間が取れるような環境ではなかった。

この先の層で似たような魔物の上位変換が出ない限り、15層の魔物が復活する度、行う作業になるだろう。今更かとも思うが、まあこのダンジョンの深層を楽に攻略するためだと思えば。

目指せ、まだ見ぬ食材……っ！　できれば香辛料、あとマンゴー！　カニ！　酒！　鯛！　鮭！

イレイサーのダンジョンは、持ち主のイレイサー本人であれば『化身』を失うことがない。協力者のダンジョンは、そういった話は聞いたことがないし、黒猫からも説明がなかったのでその辺は普通なのだろう。慎重にいきたいところ。

ネギの殲滅を終えて、ひと息。16層に下りる階段を前に気力体力の回復がてら休憩、本日は市のダンジョンで購入した弁当持ちである。

スライム素材のパッケージに詰められた、骨つき豚の塩焼き。各種肉の串焼きに続いて安い。……弁当箱ぶら下げて戦うのもどうかと思うし、ダンジョン産のものという縛りがある限り、大体肉になる。

焼きたてだし、腹は満たされる。ただ、これが続くのは勘弁願いたい。キャンプ道具でも買って、料理するか？　いや、自分がダンジョンにどんなものを持っていきたいか見極めてからにしよう。簡易的なものでは我慢できなくなるかもしれん。

ダンジョン以前とは比べ物にならんくらい、諸色高騰した。食料品については近くのダンジョンで賄えるものについては下がったのだが——むしろ自分で狩って手に入れられるしな。

まあ、大事に使えば長く保(も)つものが多いので、良しとする。

買える金が半端にあるのと、このダンジョンの取らぬ狸(たぬき)のなんとやらのおかげで、財布の紐がガバガバになりそうで怖い。

とりあえず骨つき豚は食いでがあった。少しパサついていたが、かえって肉汁が垂れないのでいいような気もする。味も悪くはない。

16層、ここのスライムは少し奇妙な動き。

移動する時に接触面が長く伸び、一定距離進むとぱつんと丸く戻る。地面にくっついているような……。なるほど、ノリか。

糊のようにぺたぺたとひっつくスライムで、カタカナでグルースライムとも言われるが、大抵『ノリ』とか『ぺたぺたさん』とか呼ばれている。

赤黒くても見分けがつくもんだな。まあだが、そこまでスライムに詳しくないので、きついぞ？　これはスライムの情報を集めておくべきか？　おくべきだろうな。

このスライムの特徴は仕留め損ねると、武器に張り付いて攻撃力を落とすこと。刃を伝って、腕まで移ってくることもある。自身が粘ついているせいで、動きは遅いのだが。

スキルを使えば簡単に倒せるが、この層にいる数を相手にすることを思えば、それだけで進むのは得策ではない。普通ならば糊の中に浮く、核を狙って壊せばいいだけなんだが、丸っと赤黒いぞ⁉

難易度跳ね上げすぎじゃないか？

……糊スライムが動いている気配とは別に、中心部付近で不規則に揺れる核の気配を探るとか、高難易度なのでは？

スキルを使えば簡単ですよ？　簡単ですがね？

「クソ猫が」

思わず悪態をつく。

「呼んだ？」

そして現れる黒猫。

「……」

「……」

思わず黒猫を見つめて黙る。

「……私が言うのもなんだが、クソ猫で姿を見せるというのはどうなのだ？」

「呼び方なんかどうでもいいぜ？　面倒ごとを持ち込んでる自覚はあるからな」

涼しい顔の黒猫。

ずいぶん達観してるな？

「呼べば来るのか……」

「リトルコアを1種類倒すごとに1回な」

「今回みたいにうっかり呼んでも来るのか？」

独り言は多い方ではないが、また悪態はつきそうだ。

「いんや、今日来たのは、レンの呼び出しと希望。４人がダンジョン内に揃ったから、呼びに来たんだよ」

どうやら黒猫はイレイサーの使いもするらしい。

いや、私にも呼び出しの権利があるのならば、私の願いも聞き届けられる？

「呼び出せば願いを叶えてくれるのか？　あと、16層から戻るの怠いんだが……」

それにずいぶん待たせることになる。

「願いっても、行きたいダンジョンとの送迎な。そういうわけで、連れてって、連れ戻すから平気、平気」

そう言って、黒猫がぽふっと前足で触れてくる。

触れるのか、とか、普通の猫と同じような感触だな、と脳裏に浮かんだところで、視界が揺らぐ。

なんだと思った時には、イレイサー2人ともう1人がこちらを見ていた。ものが増えているが、イレイサーのダンジョン1部屋目のようだ。

「……なるほど」

黒猫には人を連れてダンジョンを移動する能力があるようだ。

対象のいる場所まで移動するのは大変そうだと思っていたのだが、どうやら一瞬だ。

「こんばんは！」

相変わらず元気のいいレン。

「こんばんは」

こちらは控えめなユキ。

黒猫の話から最初のリトルコアは討伐済みなことは確定。今まで相談がなかったということは、無事【収納】が出たのだろう。

まず、普通は能力カードが出づらいのであって、能力カードの中で【収納】は出やすい。

「おや、ずいぶんな色男だこと」

見ない顔、揶揄（からか）うような妙な笑顔。

もう一人の協力者か。言った本人の表情もあるが、「色男金と力は無かりけり」の言葉が脳裏をチラつくせいで、褒められた気がしない。

「オオツキという。特に絡まんと思うが、よろしく頼む」

「私はテンコ。ユキの側の協力者ね」

獣人女性。薄い金の髪、ぱつっと切り揃えられたストレート。裏の黒いピンと立った狐耳、白く細い喉、見た目は幼さが残るが仕草は妖艶（ようえん）――で、人気のある配信者だ。

対象の関連動画を見漁っていた時に見た記憶がある。また個人情報ダダ漏れ配信者じゃないだろうな？　あとで確認しよう。

とりあえずカメラの持ち込みはないようだ。魔石から動力を取り出す機構はそう小さくないのでカメラもせいぜいスマホサイズが限界、動画でそれなりの絵をそれなりの長さで撮るとなるともっとでかい。

なによりダンジョン内で撮影をすると、なぜか撮っている人物の周囲にウィンドウのようなものが現れ、撮影しているモノが映し出される。

そのウィンドウのようなものは【鑑定】持ちが鑑定した時に現れるウィンドウと同じものだと聞くが、決定的に違うのは全員に見えること。光るので目立つ。

あと、機械の類に魔物が群がる。普通は携帯や時計さえも持ち込まない。ダンジョン内部の配信はリスクが高いのだ。

まあ、テンコの方にも黒猫から、このイレイサーが自身を隠したがっているという話はいっているのだろうし。

レンの側、ユキの側と言ってはいるが、結局2人に同じように協力・提供する方向だろう。

私の方は、薬以外はレンの使う銃弾なのでだいぶ楽だが。

「イレイサーと協力者になって、しばらく経ったけど、なんか調整はいるか？」

黒猫が尻尾をくねらせ首を傾げる。

そんなことを思っていたら、黒猫から聞き流せない話が出た。

「……調整可能なのか」

それは予想外。

一度決めてしまったら、それでいくものかと思っていた。

「今の1回だけな」

黒猫がそっけなく答える。

「オレがダンジョン探索、初めてだったから。よく分かんなかったからサービスで！　オレとユキはもう叶えてもらった」

レンが元気よくそうなった理由を告げる。

今の1回。そういうことなら前もって教えておいてくれ。今ここで決めるのか!?

「そうねぇ、付与の素材に宝石を望んだのはいいけれど、紙の類も混ぜてくれるかしら?」

テンコが言う。

雰囲気から言って、もう考えていたようだ。たぶん私よりイレイサーと交流を持っているのだろう。

「おう、薬草類と交換でいいか?」

「ええ。薬草類はオオツキと言ったわね? そちらで出るんでしょう? 必要になったらイレイサーの2人からいただくわ」

黒猫の提案に、私の方を見て答えるテンコ。

「素材は正規価格だぞ?」

私がイレイサー相手に作るものの素材以外は有料だ。

近所のダンジョンで購入してしまった方が、間にイレイサーを通さない分早い。

「オレたち、オオツキさんのダンジョンは手伝ってないよ」

「もちろんお声がけいただければ手伝いますが」

レンとユキ。

「あら?」

意外、みたいな顔をするテンコ。割と狐耳いいな。

なるほど、リトルコアなど生産職で不安な場面ではイレイサーに手伝いを頼むのか。ドロップは当然ダンジョンで戦ったイレイサーにも入る。だから「イレイサーの2人から」と。

「のんびり攻略するつもりだったので、手伝ってもらうという発想がなかった」

すまんな、テリトリー意識も強いんだ。

「自由でいいんじゃない？」

「こちらの市のダンジョンでも薬草の類は安いですし」

イレイサーの2人。

「お金を出すイレイサーの2人がそう言うのなら、私も特に干渉する気はないわよ？」

テンコが言う。

そっと金銭関係をはっきりさせるあたり、この狐、ぬかりがない。

「魔物が赤黒いのはどうにかならんのか？」

「ドロップの種類を絞っていいならなるぜ？」

「赤黒くていい」

魚しか出ないダンジョンとかになっても困る、私はカレーも目指したい。

「そうだな、偶数層はスライムになっとるが、そこからリトルコアを除外というか、せめて2

桁目の偶数奇数とかにしてくれんか？　リトルコアが全部スライムになるのは正直微妙だ」

「はいよ、スライムじゃないリトルコアも出るようにな」

　この要望は簡単に通った。

「ああ、そういえば。50層のリトルコアからは、必ず能力カードが出る。その能力カード、報酬のダンジョンでは対象を倒す上でアンタらが必要だと思うカードが出るから」

　こともなげに言う黒猫。

　50層の能力カードドロップは固定か。そして必ずアタリが約束されている、と。

「50層……20層を超えることが攻略者と呼ばれる条件。リトルコアの部屋に入れるのは最大15人、10人以上で50層に到達した話は聞くけれど、5人パーティーではほとんど聞かないわね」

「レベルが上がり難くなるのが40層前後でしたか。それに望んだ能力が上がるとは限りませんからね」

　テンコの話をユキが拾って理由を確認するように続ける。

「30層を超えてからは能力を使う魔物が増えるから、それもあるわね」

　テンコが言うように、30層を超えたあたりから能力を使う魔物が出てくる。

　そして40層のリトルコアはどちらとも言えないが、50層のリトルコアは確実に能力を使ってくる。レベルアップも頭打ちになってくる頃合いで、50層を少人数で超えるのは稀になってくる。

「大丈夫、オレたちはレベル上がりやすいし！　対象も能力使ってくる相手なんだし、修行しなくっちゃ！」

どこまでも前向き元気なレン。

そうか、望んだ能力か。今ならスライムの核に限らず、弱点の場所が分かるような能力だな。

「オオツキさん、今何層？」

レンが聞いてくる。

「16層だな」

「あら、ずいぶんゆっくりね？　一人で進んでいるの？　リトルコアを手伝ってもらって、先に進んだあとの魔物を倒す方が効率がいいわよ？　能力持ちじゃない29層までの魔物ね。生産もレベルを上げると何かと便利だし」

テンコからのアドバイス。

協力者となりレベルの上がりやすくなった状態の今、リトルコアさえスキップできれば、生産職でも29層くらいまでなら行けるのだろう。

「手伝おうか？」

「いや。生産設備も整えたいし、のんびりやる。アイテムの提供では迷惑をかけん範囲でな。

20層以降に進んだのなら、条件を変更するか？」

レンはフレンドリーでどうも他人を気にかけるタイプのようだが、とりあえず自分が強くなる方を優先してほしい。

「薬は大丈夫、なるべく怪我しないように頑張るし。弾丸はもっと強いの欲しいかな？」

「貫通力があるのと、ダメージ量が多いのとどっちだ？」

「どう違うの？」

「貫通力の方は、防御が高くても突き抜けてダメージを与えやすい。ダメージ量が多い方は、防御に阻まれやすいが防御（そこ）を抜ければ与えるダメージは多い。甲虫とか外殻を持つやつには貫通力がある方が向く。ただ、武器や能力も影響するので判断は任せる」

防弾チョッキを貫通する弾丸、貫通できないが、防弾チョッキを着ていない相手ならば大ダメージを与えられる弾丸みたいな……。

ダンジョン内で使われる弾丸の種類は、大きく分けて『貫通力』『ダメージ増量』『飛距離』『散弾』『追加効果』。もちろん銃本体の性能も攻撃に乗るので、生産品ならば使い分けるのだが、レンの武器は『運命の選択』の武器。ダンジョンで使う弾丸はある程度自由が利く。

後ろ2つは私にはまだ作れない。『飛距離』はグローブ持ち（きんせつしょく）のレンに必要かどうか迷うところ。殴（なぐ）って武器を切り替えて、追撃的に撃ち込むにしても、拳が届かない相手に使うにしても、そう距離はいらん気がする。レンの性格的に、姿が見えんくらい遠くから射抜くパターンはあまり考えられない。

専門ではないし説明しないが。私のうろ覚えな知識より、ダンジョンで本職捕まえて聞いてくれ。学習頑張れ。

「んー！　使い分けてみたいから半々で！」

「承知した。他にも適当にいろいろなタイプの薬と弾を入れておくから、使いやすかったものや、その時の攻略で必要なものでリクエストしてくれ」

どうやらまず薬や弾を実際使ってみてもらわないと、何があるのか、何が必要かピンとこない風なので。

「分かった！」

「ありがとうございます」

いや、やりとりが面倒なだけなんだが。

黒猫に16層に戻してもらい、攻略再開。

ダンジョン間の移動、そのうち酒の出るダンジョンへ連れて行ってもらおう。どこでどの銘柄が出るか調べておかねば。

さっさと17層へ。スライムの核はどうしたのかって？　苦無の強化で出た能力使用で済ませた。気力は使ったが、全部回ることも省いたので問題ない。

ここで修行もどきをしているより、さっさと50層に行って能力カードをもらった方が効率がよさそうだ。能力によっては立ち回りも変わるし、無意味に修行する趣味はない。

ちなみに16層の魔物、もう1種類はドラスラだった。低層のスライムは大抵楕円(だえん)というか饅頭(まんじゅう)型なのだが、頭頂部が少し尖っている。なぜそれでドラスラになるのかは調べていないが、昔からそう呼ばれている。

ドロップは『グルースライム』と合わせて、『強粘液』『膠(にかわ)』『錫(すず)』『ゼラチン』『グリセロール』『ニトログリセリン』『青カビ』『ペニシリン』など。

『強化』のカードが出たので喜びつつも、さっさと進む。

以降は魚だろうが肉だろうが全部は回らず、階段を見つけたら即降りて、50層を攻略したあとでゆっくり回ろう。

うん。そうするつもりだった。

『白鮭』『新巻鮭(あらまき)』『秋鮭』『時鮭(トキシラズ)』『鮭児(ケイジ)』『紅鮭』『カラフトマス』『キングサーモン』『スモークサーモン』。

テンション上がって、前言撤回する間もなく17層全部くまなく回りました。念願の鮭。鮭の遡上（そじょう）する地域に派遣された時、弁当に入っていたのが美味しくて。

魔物の影はなんか背中が三角っぽいのとなだらかなのがいたので、2種のはず。どちらも尻尾の攻撃が強力そうではあったが、当たっていないので分からん。

最初の層よりだいぶ宙を泳いで攻撃してくる範囲が増えたが。

戻るのが面倒で、さっさと進むつもりでいたのに。いかん、今日はもう上がってさばき方の動画を見よう。いっそ明日、関前さんの店にサンプルとして持ち込んで、ついでにさばき方の指導をしてもらおうか。

確かサバより大きかった記憶があるので、台所でさばくのは無理そうな気配。まな板の大きさも足らんはず。

……保冷のできるウォータージャグと、大きなまな板と、それなりの包丁と。ダンジョン内でせめて下ごしらえできるようにしたい。1部屋目は臭いの元がなければ、魚臭さに関しては小一時間ほどで消えるし。

井戸端でやるよりはよくないか？　外に持ち出さなければさばいたあとも【収納】できるし。

冷蔵庫問題が少し解決するのでは？　代わりに【収納】がパンクするが。

料理についてもっと調べないとダメだな。50層はさすがに日帰りはできないので、生産ブースでも使うしベッドを買うか。【収納】可能なベッド、生産ブースの設備、ここの料理設備。

――今のうちに防具一式もまた依頼しておかねばいかん気もする。アイラさんもツツジさんも、製作依頼は予約が詰まっているはずだ。

今のところ一番金になるのはリトルコア戦を繰り返して、リトルコアの魔石を売ることだろう。他の冒険者がいないプライベートダンジョンなら、可能だな。リトルコアの魔石も階層が深いものほど高いのだが、20層ソロとかいろいろバレる。

ドロップを売っている過程で必ずバレることではあるが。もうその辺は覚悟するしかないかな。欲しいものを揃えるには、ドロップはどうやったって売る方向だ。

頭の中で皮算用を繰り広げつつ、来た道を帰る。

「!?」

戻りの15層、赤黒い巨大な鳥が正面から走ってくる。コカトリス？　いや、出るには層が浅い。それに尻尾は蛇ではない。

「鶏か！」

魔物のいないはずの道で、しかもネギと枝以外に遭遇して、少々動揺しながら苦無を飛ばす。早いが直線的、足の鉤爪（かぎづめ）は凶悪だが避けるのは難しくない。避けざまに刀で首を落とすのが正解だった気がするが、つい使い慣れた武器に手が伸びた。

バサバサと翼をばたつかせ、暴れる手負いの巨大鶏。これはあれだ、リトルコア、だな？

末尾に5のつく層に、フィールドをうろつくタイプのリトルコアが出るダンジョンが時々ある。10の倍層のボス部屋以外にいてもそうおかしくはないが、私は全部回ったぞ？　一度目は出なかったのに——ああ。

『スライムじゃないリトルコアも出るように』

入れ替えではなく、増える方向か！　面倒なことを。まさかクソネコと言ったこと、根に持ってるのではあるまいな？

そう思いながらトドメを刺す。

浮かぶカードは20枚とボス部屋にいるリトルコアと変わらず。末尾5の層に出るリトルコアは、その前のボス部屋のボスより少し弱い。代わりに同じ層にいる魔物を引き連れていることがあるので、油断ならない。復活はその層の魔物の復活日数の2倍。

もしかして5層にも出るのか？　考えると微妙にだるいな。そう思いながらドロップカードを回収する。

『比内地鶏』『名古屋コーチン』『さつま地鶏』『軍鶏（しゃも）』『烏骨鶏（うこっけい）』『奥久慈しゃも』『烏骨鶏の卵』『比内地鶏の卵』……。よし！　よくやった黒猫！

が、問題が発生した。

リトルコアのドロップカード、数が……。これ、個人では開けられないだろ！　『地鶏の卵』

689個とかどうしろというのだ。

おそらく、他にも相談事ができる。魚のリトルコアが出たら、肉よりさらに足の早い生物の扱いになるのだろうし。毎回毎回鷹見さんに相談になるわけだが、少し相談事がまとまってからの方がいいだろうか。忙しい人だしな。

よし、50層まで行ったあとで相談しよう。

浅い層のリトルコアは、大きさが変わることが多いが、深い層の普通の敵として出る。個人で食材を気軽に楽しむ分については、深い層まで進んでからになる気配がする……。先の楽しみということで！

ダンジョンを戻る。5層はどうするか。おそらくリトルコアがいると思うのだが、階段までの間に遭わなければ隅々まで探すことになる。帰ってゆっくりするつもりだったのだが。

順番的には魚なんだよな。また開けられないカードになることは確定しているのだが、さて。

ドロップした『強化』のカードをさっさと使い、足を進める。

黒猫のダンジョン移動能力は、リトルコアを倒したあと、1部屋目に戻してもらうという使い方もありか？　行って戻るまでの時間が関係ないのなら、翌日に元の場所——リトルコアを倒した場所に戻してもらえる……かもしれん。

いやだが、酒が出るダンジョンへの移動。同じダンジョンから1部屋目に戻るだけなら高いとはいえ、戻るためのアイテムはあるわけだし。今持っている酒の在庫と、このダンジョンで酒が出るかで決めるか。

黒猫の使い方も50層まで保留だな。

前方の角をよぎる赤黒い影。――上手い具合に遭遇したようだ。そう広いダンジョンではないので、遭遇率は高いだろうとは思っていたが。

一応【隠形】を使い、角から覗く。赤黒い大きな魚の下、黒い水たまりが一緒に移動している。

口が尖っており、背鰭（せびれ）が大きい。長いが幅はそうない。

だが、あの水たまりに踏み入るのはあまりよろしくない気がする。リトルコアの体の幅はそうないが、床の大部分が黒い水たまり。とりあえず苦無、魚が振り返る前に続いて【魔月神】。怯むが、リトルコアが逃げるということはない。向かって来たところを切りつけ、斜め上に飛びながら壁を足場にもう一度刀を振るう。

うーん、ダメージは負わせたものの、思ったほど手応えがないというか、刃が少し滑った。アクロバティックな体勢から刀を振るうのは慣れない。

このリトルコアの攻撃法は、突進からの体当たり、尻尾の強打くらいか？　なにせ5層だし、こんなものか。生命力だけは多いようで、少し時間がかかったが、特に何事もなく。

ドロップカードが並ぶ中、レベルアップカードも現れた。【椿】【杜若】【藤】【梅】。【椿】と【杜若】を選び、『力』と『気力』が上がる。

ドロップカードは、『マカジキ』『シロカジキ』『クロカジキ』『バショウカジキ』『メカジキ』――。カジキです。

無理だろう？　家でさばくの。いや、その前に数があれなので、そもそも【開封】が無理だが。深い層で遭遇して、気軽に単体ドロップで獲れても無理だな？

困惑しつつ、戻る。鮭、鮭ならなんとかなるだろうか……？


風呂に入って、動画をチェック。

やっぱりでかいぞ、鮭。『新巻鮭』はなんとか切り身にできそうな気もするが……。さすがにこのサイズをさばいたことがないので、一度間近でさばくところを見たい。あと、カジキは無理。

鮭は『翠』の関前さんに頼もう。菜乃葉さんにお伺いを立てるメールを入れる。親父さんはメールも含め、ネット関係は苦手でやっていない。

少し遅いが夕食に。

関前さんの都合がつけば、明日は魚なので今日は肉にするか。豚は食べたので、牛か？

玉ねぎがあるので、玉ねぎの牛すき照り炒め丼にした。生姜を少しきかせた牛の脂の溶ける、濃い目のタレ。柔らかな新玉ねぎ。アサツキが使い放題になったので小口切りにしてたっぷり散らす。

漬物、絹さやと豆腐の味噌汁。

豆腐や油揚げは柊さんに紹介された豆腐屋で買っている。午前中ですぐに売り切れてしまうので、買い損ねることも多い。

ご飯と甘辛い味は罪の味。遅めの時間だというのにおかわりです。2杯目は、熱々なところに卵の黄身を落として。

地鶏の卵、早くダンジョンを進もう。出るよな、地鶏。出なかったら泣く。

翌日。

菜乃葉さんに無事了承をもらい、約束の時間に出向く。

クーラーボックスに鮭が入りきらない問題が勃発し、尾の側をクーラーボックスに突っ込み、はみ出た部分は袋に氷である。——他のでかい魚に備えて大きなものを買うか。カジキは無理だが。

なお、保冷剤は冷えすぎるので却下らしい。

「おはようございます。よろしくお願いします」

「おはようございます！」

裏口から声をかけ、菜乃葉さんに迎え入れてもらう。

駐車場は地下、ビルの中のエレベーターを使うと裏口の方が近いし、荷物を運び込むには便利だ。

「こっちこそよろしく頼む」

親父さんがクーラーボックスを受け取り、台に運んでくれる。

店には親父さんと菜乃葉さんだけ。もう一人の料理人、和人さんだったかは、この時間は家に戻って早めの昼というか、子育て中の花乃葉さんのサポートだそうだ。

「これもよければ使ってください」

カボスとスダチ、アサツキの入った袋を菜乃葉さんに渡す。

「天然の鮭は寄生虫が多く、生では使えない。生で使えるのは、イカのようにいったん冷凍して寄生虫を殺すか、虫がつかない養殖なんだが、ダンジョン産はその心配や手間が不要なところはいい」

そう言いながら、親父さんが鮭を並べ、そのうちの１匹をまな板へ移動。

鮭の白い腹に包丁を入れる。

「わ、イクラ！」

菜乃葉さんが小さく叫ぶ。

やたらぱんぱんだと思っていたが、秋鮭にはイクラというか筋子か、そうか。いや、うちのダンジョンの場合、入ってないのもありそうだが。

「ダンジョン産も、血が抜けているとはいえ、開封したらすぐに内臓は別にした方がいいそうだ」

筋子をバットに並べ、内臓を掻き出し、開いた奥の背骨側を包丁の先でカリカリやって崩し、洗い流す。

ダンジョン産を扱うことに、あまり積極的ではなかった親父さん、それでもどうやら調べてくれたようだ。同じ魚と適当にせず、新しい知識も受け入れる姿勢には頭が下がる。

「鮭は柵につくったら、熟成のために塩で脱水して寝かせる。なるべく大きいままがいいんで、半身だな」

腹骨がすかれ、あっという間に三枚おろし。

「自分で釣った魚のように、腐敗が始まる時がはっきり分かるのはとてもいい」

塩を振り、ペーパーで巻き、袋に入れて半身をクーラーボックスに戻す。

「熟成させると旨みは増えるが、その代償に歯ごたえがなくなる。コリコリとした食感を楽しみたい場合は熟成させない方がいい。鮭は熟成させなくても身が柔らかいから、な」

他も同じようにさばき、塩を振って包んでいく。

親父さんがやるとやたら簡単そうに見えるのだが、さては難しいな？　なんとかできそうだが、おそらく手間取る。

鮭を包んだ緑色の紙に菜乃葉さんが魚の名前と日付を書いている。

「魚によってアシの早さは違う、青魚の類は鮮度劣化が早い。まあ、温度管理がしてあれば36時間ほどは安全だ。さて、車か？」

残念ながら車です。

重くても市のダンジョンから歩いてくればよかった……！

「次回からは荷物を降ろして、出直してきます」

「昼間だしな。昼には早いが食ってけるか？」

少し残念そうながらも納得した風な親父さん。

親父さんは自分が美味いと思ったものを、食わせるのも飲ませるのも好きなようだ。

「もちろん。というか、昼に出直すつもりで来たんですが」

「昼時は混み合う」

短く親父さんが言う。

「光り物を少しお安く出せているのと、鯖の焼き寿司が持ち帰りで人気なんです。おかげさまで滑り出しは上々です。カウンターに回ってください」

菜乃葉さんににこと促され、カウンターに移動。

「ウミツボ――バイ貝と、蕗の水煮です」

すぐにお茶とお通しが出される。

そして握られる寿司。ある程度下拵え済みの魚が木箱に並べられ、そこからさらに寿司にいいサイズに切り分けられ、飾り包丁を入れられ――。

うちのアジ、お前こんなに美味かったのか。鯖は生とシメサバと2種類、食べ比べ。さらりとした脂のシマアジの刺身、入梅イワシの梅干し煮。鷹見さんが言っていた海沿いのダンジョンから運ばれたのであろう、アオリイカ、鯛、海老（えび）。カッパ巻。

予想外にカッパ巻きが美味しい。パリッとした海苔（のり）のいい香りと、胡麻と巻かれたキュウリが絶妙。

いかん。早くいろいろな種類の魚を届けて、他も味わわねば。さすがプロは違う――。

「戻りました！」

和人さんが裏口から入ってきた様子、すぐに水音がして手を洗っている気配。

そろそろ昼の開店時間か。ちょうど食べ終えたしお暇しよう。

「ご馳走様でした」

新しい魚を届けた時は、一食無料と取り決めている。代わりに持ち込んだ魚は、私が食わない分も無料だ。

「菜乃葉、酒を」

「はい」

和人さんと挨拶を交わし、お土産に酒と焼き鯖寿司をいただいて帰る。

私的には出してもらった料理で足りているのだが……。しかも、クーラーボックスには熟成準備済みの鮭の半身と、筋子、熟成済みの鯖。

通りがかりに店の前を見れば、2、3人並んでいて開店を待っている。個室は予約も受けているが、カウンターは先着順だそうだ。

帰ったら筋子をほぐして醤油漬けのイクラを作ろう。その後はダンジョンに潜って、夕食は焼き鯖寿司で一杯――いや、栄養偏るな？

市のダンジョンに寄って、薬の納品、販売カードの確認と補充。

「またよろしく頼む。それと、こっちはオークションに流してほしい」

生産品の納品ブースの机にカードの山を2つ。

頼むのは藤田さん、今週は午後からの勤務だそうだ。ダンジョンの勤務は4交代、土日は昼間も職員の人数を増やすが、平日は冒険者が多い夕方からの方が職員も多くいる。

「はい、登録してしまうのでお待ちください。オークションに流す方は、開始額と説明はどうしますか？」

「開始額は、オークションの利用料で。説明は大きさにばらつきがあります、で頼む」

出すのはトリュフ系のカード、とりあえず様子見。

使わないカードを抱えているのも馬鹿らしいし、鷹見さんの勧めに従って、オークションに放出することにした。物欲も満たしたいしな。

店と約束している魚の類については、ギルドへの販売額に20パーセントを上乗せした固定金額だが、一般へ流す分は、普通にオークション。

「全部同じでよろしいですか？」

「ああ」

藤田さんがカードを数え、ノートパソコンに打ち込み始める。

本当は私がオークションブースで打ち込んで、その書類にカードを添えて提出するのだが。

藤田さんに書類を見せられ、カードの名称と枚数、販売形式を確認し、間違いがない旨告げて、手続きを頼む。私が言った品物の説明より丁寧に記載してくれている。

お礼を言って終了。

そのうちまた何かのカードを進呈しよう。毎回送って藤田さんの負担になっても困るので、オークションで高く売れたとか、何か理由がつけやすい時に。

その後は弾丸の素材と肉類の購入。そして外でクーラーボックスの大きいものを買って、冷蔵庫を注文する。

魚を寝かせることを考えると、どう考えても必要なので。大型家電は値段も配達料もなかなか。夜にはオークションで出ている、カウチソファに入札するつもりでいる。冒険者ギルドのオークションはカードで届くので、当然【収納】できる品だ。

家に戻って冷蔵庫に包んでもらった鮭と筋子を仕舞う。イクラの醤油漬けのために、漬け汁を作って冷ます。

ここまで準備したところで、18層まで駆け下りる。

天ぷらにできるような白身の魚を鷹見さんに頼まれているし、赤身の魚で寿司や刺身に色を添えたい。正直、肉はこれ以上何が出るのだ？　と思わんでもないが、深い層で地鶏とも再会したい。

魔物はブラックスライム。普通は艶(つや)消しのようなブラック一色なのだが、ここでは赤黒い。動きはゆっくりだが、床が微妙に溶けているので見分けがつく。

深い層に行くと、同じブラックスライムでも、もっと大々的に溶かすやつが出てくるのだが、このくらいの層では不用意に触れなければ問題のない魔物だ。

ということでさっさと狩る。ドロップは酸の類で、これらは工業用に利用される。酸はダンジョン内での生産でも、余計なものを溶かして特定の物質を取り出す際などに使われる。

同じく酸を吐くイエロースライムも出た。こちらはほんのり黄色い『生糸』、『丈夫な粘膜』なども落とす。そろそろドロップからもスライムの見分けが難しくなりそうな気配がする。

酸の類は弾丸生産で使うかもしれんので、とりあえずストックするが、18層だと覚えておいて、使うことになったら真面目に回ればいいだろう。

さっさと19層。今までのパターンからすると肉なのだが、どうだろうと思っていると、そう進まないうちに赤黒い2体。

豚？　いや、肩甲骨(けんこうこつ)のあたりが盛り上がっとるし、毛もあるようだから猪か。

猪は外でも柊さんの畑を荒らすやつだ。私の住んでいる山には幸いクマは出ないのだが、猪と狸は出る。まだ未遭遇なのだが、話を聞く限り対策が面倒そうだ。とりあえず私の家には来ないでいただきたい。

猪の下の牙は上の牙に削られ刃物のようによく切れる、らしい。なおドロップ品の牙は中が空洞なので、ダンジョン的不思議素材以外での用途は少ない。肉も取れるが、少し寝かせないと硬い。

片方は鼻息に混じって炎が小さく見える。

おそらく「熱血猪」。熱血猪は、別に他の猪に比べてやる気に溢れているとかではなく、字面のまま血が熱い。かぶると火傷を負うので注意だ。

首を落としてすぐに退けば問題ないが、手負いのまま走ってこられると、血をばら撒かれるので少し厄介。

動物の形をしている魔物は、スライムと違って赤黒くても弱点が分かりやすいのがありがたい。

カードを見る限り、丸ごとドロップが健在なので、ここも隅々まで回らず階段を探す。ただ、『猪の皮』も別途ドロップしていて、確か牛系に比べてだいぶ長持ちし、そして軽いので大きなものは防具屋に喜ばれたはずだ。

20層に満たないので、そう大きい皮ではないと思うので、まあこれも保留。もっと大きければ鷹見さんを通してツツジさんに回すところだが。『生糸』もありがたがられるのは、純白か、銀か金だったはず。

『熱血猪の皮』は、火に強い。市のダンジョン、25層だったかに『火鼠(ねずみ)』とかいう燃えるような体で何匹かで体当たりしてくる魔物が出ると聞くが、需要あるかね？　こっちもドロップする皮は小さそうだが。

……って、『山芋』がドロップに混じってるんですが！　自分で食う分、少し確保！！！！

市のダンジョンに寄った時に、牛タンを買ってくればよかった。麦飯を炊いて、とろろ。キャベツの漬物を添えるのが王道だろうか。

とろろご飯にイクラと海苔という手も。いや、イクラもまだ作ってない！　仕方がない、細切りにして梅肉と和(あ)えるか。

20層、リトルコア。

巨大スライムだが、見分けがつかん。

動きは10層の巨大スライムより速いし、力強い気はするが、いかんせん赤黒い。何か特殊な攻撃をしてくる個体でないと、ただ層が深くなった――レベルが上がった同じ種類の巨大スライムと見分けるのは無理だ。

私が50層で得る能力カード、【鑑定】になるのか、それとも【心眼】やら【弱点看破】系になるのか、どっちだろう？

『魔月神』は強化したおかげで、繊月から三日月、有明月くらいに見えるようになった。まだ分岐は出ないので、どの方向に進むかは分からん。

巨大スライムは強くなっているが、『魔月神』も強化されているので、戦闘にかかった時間はそう変わらないはず。

とりあえず本日のダンジョンはリトルコアで終わらせて、飯を食ったら弾丸と薬を作る予定でいる。のんびりするつもりが、なかなか忙しい。

夕食の準備の前にイクラを仕込む。ほぐす時、塩を入れた温い湯を使う。熱で少し白く濁るのだが、何度か冷たい塩水ですすいでいるうちに綺麗なオレンジに戻る。その間に薄膜や潰れた卵は極力除いてある。

今回、漬け汁の酒は煮切ったが、食うのは私だけだしそのままでもいいかもしれない。みりんを少なめに、辛口の酒を使ってみようか――。自家製のいいところは自分好みに調整できるところ。冷蔵庫に保管、2日後くらいに食えるはず。

夕食は豚玉、長芋入りキャベツたっぷりお好み焼きにした。片面にはカリッとした薄い豚バラ、生地はふんわり。琥珀色のアンバービール、強めの苦みと香りがソースの濃い味にもいい。

夕食後はだらだら過ごしたいところだが、弾丸作り。

20層のリトルコアのドロップは、おあつらえ向きに鉱石類だった。スライムが配置された理由が、イレイサーの望む生産品の素材を落とすということなので、都合がいいというよりは順当なのだろう。

昼間、市のダンジョンで買ってしまったんだがな……。

ダンジョンで使う弾丸に火薬は使わない。薬室には火薬の代わりに魔石や宝石の粉を配合したものが詰まっている。液体状のものを使うこともあるようだが、とりあえずそれはまだ保留。

この辺はまとめて装薬と呼ばれるようで、火薬ではないが火薬とも呼ばれたりするらしい。今まで手を出したことのない分野なので、知識が曖昧だ。

他の弾丸生産者と交流することもないし、名称はどうでもいいだろう。外の弾丸の構造なども勉強した方がいいかとも思ったが、かえって混乱するという意見も散見していたのでパスした。

弾頭の形より何より、使う素材と詰め込む装薬に性能が左右されるので、あまり外でのことは気にしなくていいようだ。特に銃が生産品ではなく、『運命の選択』で得た武器ならばなおさら。

そういうわけで、ダンジョンで使う弾はケースと雷管、弾頭、中に詰める装薬が基本。

薬莢（ケース）の大量生産、雷管——発火金とカップの大量生産——。能力が足らんところは、同じ型を複数用意したり、道具で補完。いや、この辺はできているものを買ってしまってもいいのだが、性格的についい。薬の瓶と同じだな、自分で作らんと気が済まん。

レンの使うハンドガン、装薬は細かい方がいいらしい。これはもう市の生産ブースでほろ酔いでごりごりしたものがある。

使う金属と装薬の種類は、ネットで調べたものを参考に50ずつ組み合わせを変えて生産。面倒だが、薬と同じできっちり量を測る系なので得意だ。なにより化身なら、気力体力が落ちない限り、疲れ目や肩こりの心配がない。

時間がかかったが、とりあえず目標数を達成。次回からはもう少しタイムを縮めたいところ。種類ごとに紙箱に収め、薬の類と一緒にイレイサーとやりとりするための箱に入れる。弾丸は薬と違って劣化しないので、３週分まとめて。その旨も誤解のないようメモをつけておこう。ツバキたちに紹介してもらえば、腕のいい生産者から買えると思うのだが。いや、本来の武器ではなく、イレイサーの武器が銃だと不審がられるか。グローブと銃と、どっちがどっちなのだろう。

とりあえず、ノルマ達成！　しばらく自由の身だ。

書斎でお茶を飲みながらオークションをチェック。寝椅子、寝椅子に入札。ついで、枕のようなクッション、上掛け――いや、布製品は市のダンジョンで普通に買った方がいいな。

【収納】持ちでない攻略者はダンジョン内では大抵寝袋。さすがに毎回『ブランクカード』を消耗するのは避けている。なので、この寝椅子は外で使いたい人か、個人ブースを持つ生産者向けの出品。

カード5枚までは送料が変わらないので、何か同じギルドからの出品でいくつか――よし、弁当箱にしよう。このダンジョン、木製品と革製品が多いのか。では生産ブース用の机、椅子、棚あたりでいいものがあれば……。

好みのもので手を止めては、写真と評価、自己紹介などをチェック。ああ、うん。同じ生産者か。できれば長く使いたいので、少々値が張っても……うーん。悩みながらも入札。あとは競る人が現れんよう祈って、明日の終了間際に覗こう。

夜中過ぎの時間、風呂に入る。一人暮らしなので、風呂も飯の時間も自由だ。山の奥の一軒家に近いので、洗濯機だって回せるのだ。

脱衣所兼ランドリースペースは広くとってあり、雨の日はここに干せるし、アイロン掛けの場所もあるし、リネン類どころか下着類をしまう場所もある。なぜなら洗濯が面倒なので、1カ所で済ませたいから。

北側だが、大きな窓をつけ、直接出られる外にはウッドデッキというか洗濯物を干す場所。出入り口は2つで、片方は寝室に続くクローゼットというものぐさ極意の間取り。

ちなみにカビが嫌なので、浴室だけ出っ張らせた。風呂に浸かりながら窓から外の景色を見たくて、こちらも周囲に人気がないのをいいことに、大きな窓をつけたのだが――、湯気の結露で見えなかったね！　窓を全開にして入れば別だが。

夜は窓という窓にシャッターを降ろして眠る。山の中は寝ている間に氾濫した魔物が来る可能性もあるため、大抵の家はシャッターつき。ルーバーシャッターにしたので、圧迫感は少ないし、風通しもいい。

今日は目覚ましをかけずに寝るか。明日は少し怠惰に過ごしてもいいだろう。

# 3章　滝月要への助言

——と、思ったんですけどね。庭の草が許してくれませんでした。新緑の季節、新芽や枝葉を伸ばすのは木々だけにしてくれんものか。

遅い朝食を、『翠』の焼き鯖寿司と茶で済ませる。流石に1本は多いので棒寿司の半分ほど摘んだ。この焼き鯖寿司は、米が酢とよく馴染んで硬くなることなく、ほどよく焼かれた鯖は香ばしく。

ああ、朝から幸せだ——と思って、庭を見て愕然とした。

確かにダンジョンを優先していた。だが、ほんの3、4日じゃないか？　こんなに庭のあちこちにちょぼちょぼ芽吹かなくてもいいんじゃないか？　もっと他に生える場所あるだろう？　場所によっては歓迎されると思うぞ？　そっちに行け！

草に憤りながら草取り。草はただそこに生えているだけで、悪意も何もないことは分かっている。分かっているが！

……草に悪意があったら、あっという間に飲み込まれて廃墟になるな。自然の前に、人間は無力だ。ススキとクズがないだけマシとしよう。

カタバミの種をつついて遊んだかつての私よ、反省しろ。今でもつつきたくなるが、触った途端2メートル四方に飛び散るからな。

広い庭も考えものだ、手入れが全く終わらない……。端から始めて、数日かけて終わる頃には始めた場所が荒れている。どういうことか。無限、無限なのか？

終わらない戦いから一時離脱して、昼。アジフライとオニオンリングを揚げる。

先日も食べたばかりだが、美味しかったのでリピート。今まで魚が気軽に食える環境ではなかったので、嬉しくてしょうがない。

キャベツの残りを千切りに。ご飯に味噌汁、刻んだ大葉を載せた冷奴。

熱々に使い放題になったレモンをギュッと絞って食う。ああ、あとで少し材料を買い足してドレッシングも作るか。

オニオンリングは美味いが、油を吸いまくっている気がするのでたくさんはいらない。

アジフライを魚料理として食う場合は醤油、フライとして食う場合はソースと誰かが言っていた。タルタルソースも欲しいのだが、玉ねぎだけはいまいち。らっきょうを混ぜるのも試したのだが、昔のレシピのキュウリのマリネを混ぜるのを試したい。

あの小さいキュウリはガーキンと言うらしいが、ダンジョンで出るだろうか。普通のキュウリで作ったマリネでも同じだろうか？

大きいというか、身の厚いアジフライは素晴らしい。齧ると香ばしい衣、身はふわりとしてアジの脂がさらさらと流れ出す。熱いのだが、それがいい。

甘いオニオンリング、口の中をさっぱりさせる冷奴と千切りキャベツ、白飯――いっそ昼間から酒を食らいたいのだが、最近昼間に飲み過ぎな気がそこはかとなく。

肝臓をはじめ、内臓は丈夫なんだが、どこまでも自堕落(じだらく)になる気配がこう……。

だがしかし、朝から働いたが、今日はだらだらしようと決めた日。それに油を用意したからには、もう少し揚げ物をしないともったいない気がする。揚げ物は揚げたあとの掃除やら始末やらが面倒なのだ。

中間をとって、夕方早くから飲み始めよう。そういうわけで、昼を食べ終え、揚げ物態勢――はねた油は軽く拭いたが、鍋の油もそのまま、床にまだ新聞紙が敷いてあるのもそのままに、しばし読書。

今は回復しているものの、ダンジョン出現で一度ネットがダメになって以来、紙の本が見直された。物資と輸送の関係で、大量に増えたとかではないのだが、そこそこ手に入る。

置き場所の確保に困っていたのだが、今は本が増える前提で家を建てたので大丈夫。引っ越してくる前、自分の部屋がカオスだったのだが、あれは本来他のものが仕舞われるべきはずの場所に、溢れた本が突っ込まれていたからなんだな。

夕方、おつまみに揚げ物を再開。

——する前に餃子を作る。大部分は明日の昼用だが、その中のいくつかを揚げ餃子に。

ソーセージとチーズを餃子の皮で包んで揚げる。他にハムとチーズ、大葉とチーズ。

『ヤマイモ』がドロップしたと思ったら、『自然薯』『ナガイモ』『イチョウイモ』『ツクネイモ』も出たので、自然薯を食べやすいサイズに切ったもの、すりおろしたものを小分けにして海苔で包んだもの、鰹節を混ぜて小分けにしたものも揚げた。

自然薯は粘りが強く、とろりというよりダマになって切れないのでまとめやすい。

……さすがに揚げすぎた。チーズはアウトだが、自然薯と揚げ餃子はお裾分けしても怪しまれないんだが、揚げ物は揚げたてでないと。

自然薯、外はさっくり中はホクホク、すりおろしたものは外はさっくり中はもちっとふわっと。なかなかいい感じのツマミなんだがさすがにこの量は食いきれん。1本使い切ろうとした私が悪かった。

「ごめんください」

などと思っていたら来客。

女性？　誰だ？　来客の覚えも、女性の覚えもないぞ？

「こんにちは、下の佐々木です」

そして、あとからチャイムとインターホン。

椿がなぜ？　と思いながら、玄関へ。

鍵は開いているのだが、外で待っている気配。田舎暮らしを調べた時、返事を待たずに入ってくるとか、玄関に入ってから声をかけてくるとかあったので、少々あれだったのだが、幸い私周辺はそういったことは起こっていない。

土間を広くしてしまったので、実は玄関を開けるのが面倒なんだが、人同士の適度な距離感は大切にしたいところ。

「はい？」

扉を開けると、椿と一馬。

椿はにこやかにこちらを見ていて、一馬はそっぽを向いている。なんの用だ？　私がオオツキなことは知らんはずだよな？

「こちら祖母からです、先日はいいお肉をありがとうございます。柊のおじさんが、滝月さんが漬物を喜んでいたというので、また漬物なのですが」

そう言って、椿が笑顔で漬物の入っているらしい袋を渡してくる。

なるほど。柊さんだけでなく、やっぱり佐々木さんにもと思って、柊さんを通して肉を贈ったのだが、そのお返しのようだ。

椿と一馬は市のダンジョンで自力で獲れているような気がするが、そこは考えたら負けだ。

「ありがとうございます。いつもこちらがいただいてばかりです」

漬物のお礼のつもりだったのに、また漬物をもらってしまった。

新しくたくさん漬けた時、また回ってこないかと期待はしていたが早いぞ。

「それと、野菜ももらってください。一馬？」

「ん？　ああ」

椿の言葉に一馬が手に提げていた大きな袋を2つ私の足元に置く。

一馬はそっぽを向いていたのではなく、庭の何かが気になっていた？　なんだ？

「何か気になりましたか？」

ここは聞いてしまおう。庭に何かやばいのがあったら困る。

「大したことじゃない。ただ、あんまり土を引っ掻くと、空気に喜んだ草の種が芽を出すぞ」

「!?」

貴様、もしや草取りマスターか!?

「草を取る時、根を抜いたあと、平らにするために均(なら)していたのだが……」

ダメだったのか！

ショックがでかいんだが。

「草が芽を出しやすいように耕してるようなもんだろ」

「私が発芽を促していた……？」

待て。

この無限地獄みたいな草は、私のせい……？

「そもそも、カタバミやらドクダミやら根で増えるタイプはともかく、そうでない種類は根自体そう気にしなくていいんじゃないか？　そこまでするのは大変だし」

草の見分け方からなのか、草取りマスター！

女百人切りとかやってる関わりたくない阿呆だと思っていて、すまん。認識を改めた。誰にでも多面性はある。

「よければ手伝いを。コレは草取りが趣味ですから」

控えめな様子で申し出てくる椿。

様子が控えめなだけで、弟を売ったな？　何も払っておらんが。しかし草取りが趣味……好きこそもののなんとやらなのか。

「趣味じゃねぇよ！　単にばあ……祖母の真似してたら癖になっただけだ！」

「癖……」

癖にまで昇華せんと、庭の草と日常的に戦えないと？

そういえば柊さんが、佐々木のばあさんの漬物は孫が手伝ってると言っていた。椿のことかと思っていたが、もしかして一馬の方もか？　漬物石とか重そうだしな。

椿の方はともかく、一馬は仲が悪いと噂される姉と一緒に大人しくお返し物を抱えてくるイメージがなかった。もしかしておばあちゃんっ子か？　私が佐々木のおばあさん宛てに肉を贈ったから、おばあさんに頼まれたのか？

というか、一馬は家を出て市街地で一人暮らしをしているはずだが。

姉弟仲がいいとはあまり聞かんというか、若干ツバキにカズマが反発していると言われているのだが、まあそれはダンジョンでのことなので、椿と一馬は別なのかもしれない。

ちょっとこの姉弟についての噂を精査しよう。関わるつもりもなかったのでどうでもよかったが、佐々木さんのお使いで来るなら話は別だ。

認識を改めるべきなら改めよう。草取りマスターだし。

「少し待っていてくれ」

そう言いおいて、台所に戻る。

いかん、動揺して素が少し表に出ていた。まあいいが。

アジフライ以外の揚げたてのもろもろを紙袋に突っ込む。それと明日用に作り置いた餃子を冷蔵庫から取り出し、チャック付きの袋のまま別の提げられるビニール袋に入れる。

「お待たせした。こっちの餃子は焼き餃子でも水餃子でも、好きな方で。こっちはちょうど揚げていたところだったので、よかったら。具のチーズはいただきものです」

チーズ、トリュフと物々交換だったが嘘は言っていない。

ああ、アジやらもオークションに流せば買ったものと言い張れるのか。よし、でかい魚はそう言って、柊さんにおすそ分けしよう。

「ありがとうございます」

つつましやかに微笑む椿。

なんだ？　そういう性格じゃないだろう？　私と同じく社会的な猫を被っているのか？　外でも静かではあるが、大人しいというわけではないタイプだったはずだが。

「こちらこそ」

本気にはしていないが、草取りは自由にしてもらってもいいぞ。

柊さんちの庭経由で帰るらしい2人を見送り、漬物と野菜を抱えて土間の流しに向かう。

ニンニク、新ショウガ、シシトウガラシ、キヌサヤ、ウド、じゃがいも、玉ねぎ、キャベツ、枝付きのままの大葉。

玉ねぎが柊さんからもらったのもあって、カードを【開封】する必要もないくらい溢れた。キャベツはちょうど食べ終えたところなので嬉しい。

それぞれ長持ちするように、冷蔵庫に入れる分と、紙で包んでしまう分、冷暗所保存のものを分ける。

うちには重しなどはないので漬物は台所の冷蔵庫へ。少しツマミにしよう。

そして揚げ物再開。オイルポットでろ過するほどではないので、かす揚げで少し掃除。

どうしようか、ここでまた自然薯を揚げたら量に困る。ついでに間を置いたせいで、揚げ物欲が満たされてしまった。

シシトウの素揚げでいいか。明日はダンジョンに籠るつもりなので、ニンニクの素揚げもいってておこう。で、ナスだ。

明日の昼飯予定の餃子を渡してしまったのだが、そっちは荒巻鮭を解体してお茶漬けでもしよう。というか、ダンジョンに籠るなら弁当だな。

揚げ物を食べながらビール。ダメな大人だ。

本の続きを読み終え、ダンジョンへ。21層はこれまでのパターン的に魚のはずなので、ウキウキである。ウキウキで駆け下りて来たのだが……。

なんだこれは？　床と壁に時々通行を妨害するかのように張り付いた赤黒い岩のようなもの。もしかして本来は周囲の色に擬態をする魔物か？　色で失敗している？

様子見に苦無を投げる。コツンとそれに当たった途端、がぼっと口を開いて噛もうとする何か。そしてまた口をつぐんで静かになる。

食虫植物のハエトリソウというかシャコというか……。もし保護色だったとしたら結構厄介な魔物だったかもしれない。それにこいつ、割と硬い。

が、黒猫のおかげで赤黒いので１００パーセント見つけることができる。コンと刀の先で突いて、そのまま開いた口の中を斬ればそれで済んだ。21層くらいの魔物だと通常では攻撃が通らない硬さの代わりに生命力が極端に少ない場合が多いのだ。

そしてあれだ、ドロップが『マガキ』『イワガキ』『イタボカキ』『ヨーロッパヒラガキ』。『胡粉（ごふん）』や『石灰』とかも出たがどうでもいい。

これは隅々まで回らねば。もう一種類はなんだ？　色違いでも歓迎だが、色が違っても赤黒いという不条理さ。

『ハマグリ』『桑名のハマグリ』『チョウセンハマグリ』『鹿島灘のハマグリ』『九十九里のハマグリ』。

ハマグリは内湾性、チョウセンハマグリは外湾性。はっきりしないが、江戸時代に命名された後者の名前は、ちょっと遠いとか、日本から少し離れたくらいの意味らしく、立派な日本在来種で貝殻は白い碁石の材料だ。

ダンジョン以前は汽水域に住む内湾性のハマグリが良しとされたが、今は海があれなもので外洋性のハマグリが珍重されている。

味は汽水域の方に軍配が上がるだろうか？　いや、外洋性の身の大きさ厚さも捨てがたい。そして、ダンジョン攻略は全く予定通りに進まない。さっさと駆け抜けて、24層くらいまで進めるつもりだったのだが、22層で終わった。

今日はオークションの終了期日なので、もうあがらんと。

スライム？　ダンジョン以前にウレタンと呼ばれていたものと似たものを作る。『白粘液』『発泡剤』『難燃剤』とか、『ラテックス』『耐熱性ゴム』『耐候性ゴム』『耐摩擦性ゴム』とかだったんで、おそらくホワイトスライムとゴムスライムだったぞ。

動画を見ながら新巻き鮭の解体を終える。一番簡単そうなさばき方を採用したので、キッチンバサミでヒレを落としたあとは、好きな厚さにぶつ切りにしただけである。

腹は裂かれているので、背骨つきで蹄鉄(ていてつ)のような形になっている。ちょっと大きいので背骨を避けて半分に。あとは明日食べる分以外、袋に入れて冷凍庫行きだ。

明日はシャケおにぎりを持って、ダンジョンに行く予定。夜は麦とろにイクラをかけて食べる予定。野菜が足らん気がするので、味噌汁は具だくさんにしよう。

やることを終えたら、この辺に生える草の種類を調べつつ、オークションを眺める。

入札してるのは弁当箱、机、棚、椅子、寝椅子。机、棚、椅子は他に入札者がいない。寝椅子と弁当箱にはライバル発生。

寝椅子はともかく、弁当箱は同じ人がいくつか出品していて、他のものには入札がないのになぜ私が入札したものに？　曲げわっぱの木目か？　私も木目と色合いが気に入っているのだが。

若干イラッとしながら入札額を上げる。

そして再び草の検索。なるほど、この草は根が真っ直ぐに伸びて、こっちは浅く横に広がるのか。とりあえず根を残すと増えるタイプの草を抜き出そう。……スギナ怖っ！

弁当箱は私の入札上限額近くまで上がっているが、相手が諦めた模様。だが寝椅子が更新されている。

再び入札――って、すぐに入札し返された。もう終了時間が迫っているので、相手も画面を見ているのだろう。

そして寝椅子に割り振る予算としては、私的に微妙に高いところまで入れたが、それを上回る入札をされたので大人しく引く。ああ、もうベッドでいいか。ベッドだと、シーツを洗わねばいかんのが面倒なんだが。

ダンジョンで作られたものなので、防塵防汚防傷などはついていて、洗濯の必要はないのだが、私の気分的に。

装備は洗ってないだろと言われればそうなんだが、ギルドに気になる人用に浄化サービスがあってな？

寝具にもかけてくれるだろうか？　寝袋にはかけてくれるようだし——ああ、生産ブースの方であるのか。泊まり込む奴もいるからな。

即決表示の90センチ２００センチのセミシングル。これなら寝椅子よりはるかに安いし、生産ブースやダンジョンの通路でも余裕だ。よし、これにしよう。

弁当箱、机、棚、椅子、ベッドを買った。カードが送られてくるのは、市のダンジョンまで。大抵のオークションの終了日時は、出品者の関わるギルドからカードが発送される便がある前日。

と言うわけで、今日中に決済をすれば、明日には発送される。こちらの市のギルドに到着するのは5日後くらいだろうか。

私の出品物も無事売れている。出したのは様子見に『丸どり』と『白トリュフ』『オータムトリュフ』。全部無事に売れている。

というか、『丸どり』がすごいな？　入札者が多いし、値段もアホなことになっている。

落札者から、『〇〇をもっと食べたいのでまた出品を……っ！』みたいなコメントがいくつかついている。〇〇はハツだったり砂肝だったりサエズリだったり。

ダンジョンで落ちる鳥肉は大抵『鳥ムネ』『鳥モモ』『鳥手羽元』『鳥手羽』『鳥ササミ』あたりだし、気持ちは分かる。

様子見であまり数を出さなかったのだが、普通の鶏は薄利多売——と言っても、地元の店に卸すよりはるかに高値がつく——でいって、地鶏や軍鶏を数を絞って出品の方向でいくか。

食道楽の食いたい欲求を広く浅く満たしつつ、時々特別な食材みたいな。どうするにせよ、すぐに今日の買い物の分は取り戻せそうだ。

上機嫌で掃除。山の一軒家なので、この時間に掃除機をかけてもどこからも苦情は来ない。

風呂に入って就寝。

……セイタカアワダチソウとススキ、クズに侵略される夢を見た。あれだ、寝る前に草なんて調べるんじゃなかった。

朝は牡蠣(かき)のお粥(かゆ)。それとは別に新巻き鮭改め塩鮭を焼く。

粥には真牡蠣の小ぶりなのを多めに——とはいえ、ぷくっと肉厚で身が詰まったものなんだが。殻つきで剥くのが大変だった。専用道具を手に入れよう。

鮭はおにぎりにして弁当用。俄然海苔が欲しくなる。袋に入れて【収納】。

30層からは楔のカードを使おうと思いつつ、走って23層へ。途中、スライムが通路に出てきたので倒す。魔物は通常層から層の移動はしないが、同じ層の中は動き回っているため、全部倒していない限り、遭遇することがある。

23層、赤黒いシルエットはおそらく猿、と、なんか毛虫系。分からんわ！

天井や壁を足の踏み場に、行動範囲の広い猿。下にはその場から動かない、こちらを絡め取る糸を吐いてくる虫。

強ければ厄介だが、特に問題はない。初めてリトルコアを超えた者たちは少々てこずるかもしれんが。

『次郎柿』『富有柿』『三社柿』『あんぽ柿』『干し柿』、たぶん猿のドロップ。サルカニ合戦か？

柿も柊さんから秋にいただいた。オレンジ色の実も綺麗だが、今の時期の柿の葉は綺麗だと思う。

『レタス』『サニーレタス』『ロメインレタス』『サンチュ』『サラダ菜』、こっちは毛虫の方だろう。

おのれ、我が物顔で葉物野菜を……！　農薬撒くぞ!?

猿の被害も他所ではひどいと聞くが、やはり身近なものの方に感情は動く。

コイツら全部駆逐したい……っ！

地鶏をオークションに出す計画、あれはダメだ。リトルコアのドロップで量が多く、私だって開けられずにいる。

リトルコアからも食材を得られるようになったのに、痛し痒し。リトルコアのドロップは、他の地域への配送の点では大歓迎されるものなのだが、個人では手に余る。

なんで今更そんなことを考えているかというと、25層のリトルコアと交戦中。しかも虫。チッチッチッと時計の秒針のような音が響いていたので見に行ってみたらいた。

虫には詳しくないので分からんが、甲虫のようで、刀では大したダメージを与えられなかった。外側の殻に傷がついただけで、ダメージ自体は刀を打ちつけた時の打撃が少し、のような感じか。

傷の場所を何度も狙うか、接合部を狙うか、腹を狙うかのいずれかだ。集まって来た他の魔物は魚。群れられる前に倒す——というのがセオリーなのだろうが、いっそ集まってもらった方がまとめて倒せて面倒がない。

そういうわけで、苦無も使わず——苦無は貫通属性を上げているので、硬い殻も通る——刀でぴしぴしやりながら集まってきた魚を倒している。

『カラフトマス』『青鱒』『ニジマス』『イワナ』は確認。次々魔物が集まってくるので、さすがに他のドロップの確認はまだだ。

川魚は出回っているので、そこまでテンションは上がらない。さっさと倒すか。

リトルコアのドロップ、『クミン』『コリアンダー』『コショウ』『ターメリック』『カルダモン』『シナモン』『カレー粉』、その他。

瓶に入った『コショウ』の絵と『カレー粉』の絵！　また開けられない数なんだが⁉　８０0超えはどうしていいか分からん。

クソネコ！　生殺しか⁉　本当に先に進んだら、同じものを落とす敵いるんだろうな⁉　特殊なダンジョンだから、普通のパターンは当てはまらず、出ないとかいうオチはないよな⁉

魚からは他に、『サクラマス』『ヤマメ』『ビワマス』『アマゴ』『サツキマス』。

岩魚と山女。箱火鉢で炭火焼きにしよう。灰を買ってセッティングは完了している。竹串もある。食べ比べせねば。

26層はゲルスライム2種。『インジウム』やら『ゲルマニウム』やら『アルミニウム』など、買取価格が常時高いものが落ちたが、高いと言っても一度にドロップする量が少ないのでどうだろう？

24層の『金』『銀』ドロップも0・1グラム単位だったしな。もっと深い層に行けば、1グラム単位やインゴット単位になるので、日帰りで小遣いを稼ぐなら別だが、行けるのならさっさと深い層に行ってしまった方がいい。

さっさと行った方がいいんだがな？　目の前に牛が立ちはだかっている。27層の狭い通路で睨み合う私と牛。

見たところ、映像で見る牛と大差がない。今までも牛系の魔物は倒してきたのだが、だいぶ大きく感じる。外で牛に突かれたら最悪死ぬ、人間は脆い。

……丸のままドロップだろうか？　お前、そのままの大きさでドロップするのか？　小分けにしてくれてもいいんだぞ？

心の中で語りかけつつ、向かってくる牛の魔物を斬る。当然ながら魔物は何も答えないまま、ドロップカードを残して光の粒となって消えた。

私の心配をよそに、ドロップは『生乳』『牛乳』『バター』『生クリーム』。『牛革』も出てるが。皮と革の違いは加工の有無だったはずなので、『牛革』はなめしてあるとか、ある程度加工済みなのだろう。

ホッとしたような、残念なような。だが、ドロップは嬉しい。無殺菌だが、そもそもダンジョンのドロップに菌や寄生虫はいない。

鮭やサクラマスがバターで焼ける。あ、26層で『アルミホイル』も出ていたな、バターを落としてホイル焼きにしよう。コショウ、コショウを開けたい……っ！

落ち着け、私。先に進むんだ、そんなにバターがあってもしょうがないだろう。でも高値で売れる気もする——後ろ髪を引かれつつ、28層。ゲルスライムの緑と赤、ドロップは『質のいい薬草』系。スライムは楽しくない。

ゲルスライムは粘液状のアメーバみたいなスライムなのだが、火で焼いてしまうのが早い。もしくは凍らせるか。私は魔法などの外に放出するタイプの能力は持っておらんので、普通はどっちもできんが。

半透明なのだが、薄く伸びて天井などに張り付いていると見分けが難しく、油断していると上から落ちてくるというスライムなのだが、ここでは赤黒いので。魔物の種類の見分けがつかないマイナスはあるが、隠れるタイプの魔物には馬鹿みたいに有利になる。

が、ゲルスライムの核がどこにあるのか赤黒くて分からん。一応、こっちに気付く前であれば、スライム内部の中央にあるはずなので、苦無を投げて対処。

外した場合は、魔物から奪ったスキルで焼き払って終了。カードのストックが減るので、30層以前ではあまり使いたくないんだが。だが、ここで出し惜しんでいても仕方がない。

リトルコアを倒すごと、黒猫が叶えてくれるダンジョン間の移動。

もしこのダンジョンの30層以降で、便利なスキルを使ってくる魔物が出なかったら、別のダンジョンに魔物のスキルを集めに行くつもりでいる。だが、いいスキルを使う魔物が出たら、ダンジョン移動の願いは酒が出るダンジョンにするつもりでいる。

なにせ昔仕事で行った時は、政府の依頼で運搬役も兼ねていたし、魔物のスキルのストックのために【収納】を使っているしで、酒の種類が思うようにならんかったので。

【収納】の『同一アイテムをまとめる』を取っているので、同じものであれば99個が1枠なんだが、カードの端についている数字が異なると、違うアイテム扱いにされる。

それを解消する選択肢が出ることは知っているのだが、なかなか出ない……っ。過去に出たことがあるのだが、その時は『時間停止』を取ってしまった。

迷いに迷ったが、その頃は危険な場所に行かされることも多かったし、薬の保管と瞬時に使えることを優先した。

【収納】から出して、カードから【開封】して……とやっていたら、おそらく間に合わなかったシーンもいくつか覚えがあるので、選択は正しかったとは思っている。

だが過去に選ばなかった選択肢は、その後なかなか出ないのである。

29層、全部一気に焼き払いたい気分になりながらアブラムシ退治。おいクソネコ、害虫をダンジョンに放り込むんじゃない。

いや、これはこれで外でのうっぷんを晴らす時か？

ダンジョンでアブラムシと呼ばれるこれは、小さめでそう強くはない。ただ、5匹単位で現れ、しかも残り1匹になると増える。最後は2匹をほぼ同時に倒さなくてはならない。

弱いとはいえ、ヘタをするとどんどん増えて集（たか）られる大変うざったい魔物だ。しかも増えた分も含めて1匹扱いなのか、倒しきらないとドロップカードが出ない。

ついでに暇な奴が実験して、最初の5匹でも増えたあとでもレベルアップのための経験値の入り具合も同じだそうだ。

2匹が側に寄ったところで、被るように位置どりして、苦無を投げればそれで済む。刀の修練——は、あとにしよう。それは50層に到達してからだ。

レベルも上がったし、『強化』カードも順調に出ているが、ダンジョンの魔物は単純に強いもの以外も出るので、面倒だ。

大抵、面倒な魔物は時間がかかるだけで、こっちに大きなダメージを与えてくるものは少ないので、出現を喜ぶ人種もいるのだが。

落としたのは『小麦』『大麦』『デュラム小麦』などの麦の類、そして『薄力粉』『デュラムセモリナ粉』などの粉の類。

スパゲティはトマトソースは乾麺、チーズソース系は生麺がいいです。小麦粉も米や塩と並んで政府が配達を頑張っているのであるのだが、『デュラムセモリナ粉』ってあれだろう？パスタ用だろう？　日本の気候じゃ栽培が難しい、ちょっと黄色いやつだろう？

生麺はともかく、乾麺はどうやって作るのだ？　干せばいいのか？

ダンジョン以前に書かれた本を読んでいると、いろいろ食ってみたいものが積み上がる。読む本の傾向が、食事シーンが多いということも一因。

はっ！　目先の品物に惑わされるな。深い層の方が同じ系統のものでも質がいいし、美味いはず。頑張れ私。

29層を階段を探し歩く。探している途中に出たアブラムシは倒すが、他は我慢。階段を見つけたらマップが埋まっていなくても大人しく降りる。

30層はリトルコア、扉の前で昼飯休憩。

焼き鮭のおにぎり、一つは細かく崩した鮭をご飯に混ぜた全体的にサーモンピンクのおにぎり、一つは鮭を大きめの具材にして中に入れたおにぎり。海苔が欲しい、海苔が。

飲み物は革の水筒から。何かの魔物の胃袋だという話もあるが、実際のところは知らん、見た目は革だ。２本のベルトで体にフィットさせるタイプが、日帰りダンジョンには人気。

金属製のものは丈夫だし保温性もあるのだが、戦闘の時に体を捻ったりでピッタリくっつけていても当たることがある。1泊のダンジョンでは、両手が自由になるザックを背負っていくことが多く、その場合は金属の水筒を選ぶ者もいる。

選ぶ道具は好みもあるし、どんなダンジョン攻略をしているかにもよる。人それぞれだ。

私のダンジョン1部屋目には現在、バーナーとメスティン——持ち手がついた四角い飯盒(はんごう)、深型の鍋にもなるフライパン、直火専用ホットサンドパンが置いてある。キャンプ用品というか、ダンジョンにしばらく籠る人用で【収納】もできる。

とはいえ、【収納】枠をそれぞれ使うので、道具持ち込みより弁当一択だが。簡単に手に入るのでつい……。しばらくそれでいいかなと。

ガスの替えが高いのだが仕方がなし。ガスは外でも割高なので、田舎だと薪ストーブなどを設置する家が多い。柊さんちなんて離れにはかまどがある。

魔石で温まるコンロがあるので、台所はそっちが標準設備なのだが、煮込み料理やらをすると魔石があっという間になくなる。火力は高いものの、継続には向かない。

それに1部屋目に冷蔵庫を入れたいので、他に魔石を使う道具を入れることは今は避けたい。冷蔵庫を入れてから、距離を測りつつ揃えていく所存だ。

【収納】でまとめられるのは、同じ種類で中身の個数が同じカードに限るし、能力的にカードをストックしている関係で収納個数を増やしているとはいえ、すぐにぎゅうぎゅうになる。

ドロップカードが1つの層で10種類以上、かつ数字違いが出るのだから当たり前だが。本当はさばいた食材の残りも【収納】しておきたいところなのだが、とてもそんな余裕はない。

3回に1回は【収納】に『強化』カードを回しているのだが、まだまだだ。弁当を作る度に使う素材を【開封】し、残った食材は外の冷蔵庫に詰めることになる。さすがに困るので、持ち出さずに済むよう冷蔵庫を入れたいのだ。

——いや待て。もしかして【収納】を持たない冒険者の真似をして、ドロップカード用のカバンを買えばいいのか？　別に昔のようにタイトな攻略の必要はないし、多少邪魔でも戦闘への影響はないような気も？

……。

おにぎりは固すぎずゆるすぎず。手で持っても崩れないが、口の中ですぐにほぐれる。

弁当が美味くて何より。うん。

30層のリトルコアはスライム。

形状は粘度の高い液体。床に広く伸びてゆっくりと動く。時々表面が、後ろからボールをぶつけているかのようにぼこぼこと沸き立つ。

相変わらず赤黒いが、たぶん他のダンジョンでも戦ったことのあるスライムだな？

中にある5つの核を壊せば終了。時間を置くと核は復活、間違えたものを叩くと、スライムの体積が増える──確かそんな感じだ。

色のせいで見分けが難儀するが、確かハズレの核よりアタリは大きかったはずなので、大きいぼこを叩けばいいはず。

というわけで、スライムに囚われないよう足元だけ注意して、苦無を飛ばす。こういう場合、飛び道具は便利だ。

で、ドロップは質のいい薬草シリーズと鉱石類を中心に、いつもの。

この調子で行くと、道中のスライムをスルーしても、リトルコアでイレイサーの依頼品の素材は足りる。落とさないものももちろんあるので、今のところは、だが。

さて、31層からは能力を使ってくる魔物が出始める。アタリの魔物がいれば嬉しいが。世の中には自身への肉体強化系で、物理オンリーのダンジョンもあるからな。

床に張り付くもの再び。

貝より薄いし、ゴツゴツはしていない。苦無を投げると、床から動いて身をひるがえし、こちらに砂と水の刃のようなものが飛んできた。

能力に注意はしていたので当たるようなこともないのだが、不完全ながら砂の幕の目隠しと、水の刃を避けることに気が行って対象を見失う──のが普通なのだろうが、なにせ赤黒いので。

ストックするにはちょっと微妙な能力だな。砂はいらんから、もう少し速いやつか、ダメージがデカそうなスキルが嬉しいんだが。本来は身を隠している場所に近づいてきた相手に食らわせる能力なのだろう、効果範囲も狭い。

だが、次の層のスライム相手に使い切るという手もあるし、一応採取しておこうか。

近づくか触れるかしないと発動しない相手は、発動させる手間がかかって少し面倒だ。

苦無を投げて、相手が能力を使う予備動作——身をひるがえした瞬間を狙って、苦無を当てる。

『運命の選択』で与えられた苦無は1本。優先した強化先は『貫通』、小さくとも必ず魔物に傷をつけること。

これは傷をつけることが、私が対象から能力を奪う条件になっているから。次に選んだのは手数を増やすこと。対象が1体とは限らないから。

今、実体を持って私の手に現れる苦無は5本。実態を持たずに、ダメージだけ与える幻影ならもっと出せるが、貫通やら与えるダメージやら、効果は落ちる。

発動しようとした能力を奪うということは、攻撃を封じることにもなるので、とても便利だ。ただ、もともと大きなダメージを与える武器の系統ではないうえ、強化の方向性が偏ってるので、苦無だけでダンジョンを進むのは難易度が高かったんだが。

政府に返還したサブ武器、かっぱらってくればよかったかな？　癖のある武器だから、おそらく使える人間が他にいない。もしかしたら、ただ保管しておくよりはと、強化を条件に貸し出し許可が下りたかもしれない。

いや、たぶん恩着せがましく他の条件もつけられたな。面倒この上ないし、私の田舎暮らしに前職の名残（なごり）はいらん。

今は刀もあるし。強化カードを頑張って集めねば。

ところでコイツ、ヒラメか？　オヒョウとかいうデカいのが外にもいるが、ヒラメのデカいのに見える。

ドロップは『マガレイ』『マコガレイ』。……カレイだったか。

せっせと能力を奪いつつ、倒していく。大体3回ほど奪えるようだ。

『ヒラメ』『アカシタビラメ』。魔物はヒラメとカレイだろうか？　見分けつかんぞ！　口と目の位置を見ればいいのか？

他にも『ナメタガレイ』『ホシガレイ』やら、『ガンゾウビラメ』『イシビラメ』やらがドロップ。

あんまり種類が多いと、私の理解が追いつかなくて困る。でも一緒に出る名前が一部被る魚は、大体どれも似た料理法でいける気はしている。一応調べるがな。

刺身と煮付けは美味しいはず。刺身といえば今日の夕食は鮭の刺身と、イクラ丼の予定なので、さっさと攻略を進めたい。成果を得たあとの飯はより美味かろう。

32層のスライム。こちらも自分の体を一部飛ばしてくる能力を使ってきた。毒か、溶解液かだと思うのだが、本体の見分けがつかんので、どっちだか分からん。試しに受けてみる趣味は私にはない。

これもとりあえず集めておいて、魔物相手に使ってなんだったのか判断しよう。生命が多い魔物に最初に毒を入れておくと勝手に削れるし、毒は戦闘の時短になって使い勝手がいい。

いかん、つい溜め込む習性がある。さっさと倒して先に進もう。あと、能力カードの溜め込みは、カード用の鞄を買ってからにしよう。いっぱいになったら一時的にコートのポケットに入れてもいいのだが、ちょっと気になる。

敵から奪った能力カードを使う時など、コートも戦闘に使ってるせいで微妙にポケットが重いのに違和感が。

33層の敵はもぐら。ドロップは大根類とカブ類。刺身のツマだな?

34層のスライムはどうでもいい。

35層はイカ類とホタテだった。リトルコアもいるはずなので隅々まで回る。バター焼き……

っ！　ああ、だが今日は寝かせてあった鮭とイクラ丼……っ！

35層のリトルコアはマグロ。

もはや黒い水たまりも下になく、空中をすごいスピードで泳いできて体当たりをしてくる。通路が狭いので、避けることが困難。

それは向こうもだが。対処法としては、通路が交わる場所に位置取りし、遠距離攻撃を当てて避けるか、避けながら攻撃を叩き込むか。別に迎え撃って叩き伏せるのでもいいが。

32層のスライムの能力カードを投げる。予想通り【溶解液】と【毒】。この毒のダメージは重複しないか。【溶解液】はともかく、【毒】は自分で作った方が強力だな。この層でさっさと使って荷物を減らそう。

魔物の能力カードを使うと、同じ層でドロップした同じカードに能力の名前が現れる。名前が出る前のカードには簡単な絵だけ。

ちなみに【溶解液】と【毒】の能力カードはどっちも三角フラスコの絵なので、液体だとしか分からない。

これは未鑑定カードを使った時や、【鑑定】した時にも起こる。もっとも、未鑑定カードは31層以降でないとドロップしないが。何か強力なアイテムならばいいのだが、普通の薬草なども混ざっていて当たり外れが激しい。

そして私には【鑑定】の当てがギルド以外にないのだが、どうしたものか。出ちゃったよ、マグロのリトルコアで未鑑定カード。どうするのだ、これ？

【？】の文字カードを眺めて困惑する。絵は宝石のようなので宝石なことだけは分かる。宝石はコレクターに売るか、武器防具、あるいは付与に使う。

ものによっては高く売れるのだが、外では宝石とも呼べない石もこのマークで出るし、未鑑定カードの中身は高いものとは限らない。鑑定代の方が高いことも多々ある。

まあいい、保留だ。未鑑定カードはしばらく1部屋目の棚に保管しておこう。

で、他のドロップは『クロマグロ』『タイセイヨウクロマグロ』『ミナミマグロ』『メバチマグロ』『ビンナガマグロ』『キハダマグロ』『王鮪』――あとは強化や楔などのカード。

……リトルコアは倒しても、そして美味そうなものがドロップしても、【開封】することが難しいのは分かっている。分かっているが倒したくなるんだよ……っ！　手に入れたくなるのだ……っ！

そして血涙を流すまでがセットなのだ。もう今日は上がって夕飯にしよう。腹が減る時間なのもよろしくない。

楔のカードを使い、次回は35層から。とりこぼしのスライムを倒しながら上に戻る。

作業台でカードの仕分け。ここに置いておく鉱石系の素材カード、先ほど出た【？】のカード。カードに封入されている個数の確認、鷹見さん相談案件など。

……ホタテを1つ、いや、2つ【開封】。

そして台所へ。飯だ！

ご飯を炊き、とろろ用の出し汁を作る。そして自然薯をすって、出し汁で好みに伸ばす。大根は桂剥きして、細く刻んでツマに。茗荷も少し混ぜるか。

冷蔵庫から寝ていた鮭は刺身に、ホタテはどうするかな？　2つともバター焼きでいいか。

卓上コンロと網焼き器を持ち出す。

飯が炊けたら小丼に盛ってまずはイクラのみ。オレンジ色のイクラは張りがあってぱつんと丸い、つけ汁の醤油の匂いが香る。

鮭はアトランティックサーモン、オレンジ色が強い綺麗な身。背と腹の部位で食べ比べ。こちらも美味しい。腹の方の刺身を醤油につけると脂が広がる。美味しいが少しで満足してしまうので、たくさん食べるなら背の方だろう。

大根のツマを食べて口をリセット、しゃりしゃりとした歯触りで爽やかだ。

次はとろろをかけ、その上にイクラをたっぷり。これも美味しい、マグロの山かけ丼も作りたい。頼むから部位でも出してほしい。マグロのカードは【開封】するのにいろいろハードルがありすぎる。

リトルコアのカードは1枚に封入されている数が多いため、運搬に便利で、離れたギルドとの取引に使われる。私のマグロも他県に行ってしまうのだろうか。だが、高額で売れるはずなので、売り払った金でちょうどいいマグロを買うという手も。

うん、そうしよう。

ホタテはバターと醤油を落として。もうこれは鉄板の美味さ。

リトルコアのドロップカード、オークションにしれっと流してやろうかとも思ったが、一応鷹見さんに相談という形の報告。

報告という名の外食である。フレンチ系の創作料理で、ダンジョン以前からある店だそうだ。ダンジョン出現で少々落ち込んだものの、今も昔も人気の店で、私も越してきてから昼に食べに来たことがある。

ランチメニューは決まっていてビーフシチューかオムレツ、それでも時間前から列ができる。

夜は予約制で、来るのは初めてだ。

とりあえず冷えたスパークリングワイン、すっきりさっぱりしたかったので、酸味が利いた極辛口。

「イカ、特に『スミイカ』はぜひ天ぷら屋にもお願いいたします。粉類は広く需要がありますが、米ともども外のものを買う割合が決まっていますから、価格の方はあまり期待できません。――デュラム小麦は別ですが」

鷹見さん曰く、デュラム小麦は日本の気候に合わず、上手く育たないのだそうだ。そしてパスタに向いた小麦であるという。

料理を待つ間、生ハムとチーズの、つまみというにはおしゃれなものをアテに酒を飲む。話題は私のダンジョンのドロップ品のこと。特にリトルコアのドロップ品についてだ。

封入されている個数が多いので、商工会などにコネがない限り、オークションに流すかギルドに買い上げてもらうかの二択になる。ものによっては小さくてその必要がない場合もあるが、なにせマグロとカジキである。あと地鶏。

「香辛料は商工会を通して希望者を募りましょうか。すぐ集まるでしょうし、悪くなるものでもない。うちのダンジョンで開ければ、オオツキさんも使えるようになりますし」

こちらに笑顔を向け、グラスを持ち上げる鷹見さん。

「ありがとうございます」

私のこと、よくお分かりで。

「ただ、ナマモノは難しいです。特にカジキもマグロも大きいですし、どうしても開封ダンジョンに送ることになります」

開封ダンジョンというのは、リトルコアのドロップカードを【開封】できるダンジョンのこと。正式にはもう少し長い名前がついているが、開封ダンジョンと簡単に呼ばれている。

1部屋目が広いが、ドロップ的にはあまりよくないダンジョンが選ばれ、各県に1カ所はある。なにせ木材など、加工品のドロップでも大きいものはたくさんあるし、それを開封する場所はどうしても必要になるからだ。

ダンジョンを攻略する冒険者はおらず、ギルド職員や取引業者だけが出入りする。ドロップ品は【開封】してそのまま近隣の業者に運ばれていったり、『ブランクカード』に【封入】し直して遠くに運ばれていく。

『ブランクカード』の【封入】は1枚1つ。カードの値段もそこそこするので、遠くに運ぶならばドロップした状態のまま【開封】しない方がいい。

「開封ダンジョンは県も絡んできますから……。ですが、市長と知事の仲も悪くないですし、話の分からない方ではないので。なるべくオオツキさんを煩わせない方向に持っていきますので、安心してください。——その前に、ギルドに売っていただけるならばの話になりますが」

鷹見さんは飴と鞭がね!?

「面倒ごとがないのならギルドに」

オークションにしても、開封ダンジョンにしても、ギルド本部やら他のギルドがちょっかいをかけてきた場合、調整してくれるのは鷹見さんだ。多少儲けてもらってちょうどいい。もっと生産性を上げるために他の冒険者を入れろとか、ダンジョンを売れとか、私に直接ちょっかいをかけてきたら、遠慮なく元の職場のコネを頼ろう。いくつか貸しはあるはずだ。

だが、穏便にスローライフを送りたいので目立ちたくはないし、大人しく。最近スローどこ行った？　と思うが、よく考えると、もともと草や虫と戦っていて全然スローではない。越したばかりは落ち着いたらゆっくりできると漠然と思っていたのだが、やることが減らんし、草は取ってもまた伸びる。

いや、だが草取りマスターのあの助言のおかげで少しだけ改善の兆しが！　ありがとう、草取りマスター。

「地鶏、マグロ、カジキ――魅力的ですね。そのあたりが丸のままドロップしたというのも聞いたことがないですし、高く売れると思います。この県で【開封】するにしても、他県に運ぶにしても、開封ダンジョンの手数料が高いので、通常ドロップを同じ数まとめたよりは安くなってしまいますが……」

料理が運ばれてきて話は中断。

ソーセージやベーコン、クルトンの混じったグリーンサラダの上には半熟卵、ナイフで割って流れ出した黄身を絡めて食べる。白身はふるふるとしているけれど、全部固まっているのに、黄身はとろりとしている。

どうやって茹（ゆ）でてるのか知りたい。

ダンジョン31層ランス牛の黒胡椒風味。ダンジョンを全面に出した名前が出てきた。いや、31層の牛肉はダンジョンの売場にも滅多に出ない高い肉で、ダンジョンの階層数を料理名に入れるのはありがちなのだが。

肉は噛み応えはあるのに簡単に噛み切れ、ほどほどの脂と肉汁が美味しい。付け合わせの野菜は地ものなのか、旬のものを使い新鮮で味がしっかりしている。温められたバゲットは、ばりっと砕けて香ばしい。

最後に上にオレンジピールが載った、ラムの香るデザート。

直後のコーヒーを飲みながら、話の続き。コーヒーも高級品なので、一体総額いくらなのか、ちょとどきどきする。

リトルコアのドロップは最低1枚はこの県で【開封】して、1匹ずつ封入し直したものを私に回してくれるそうだ。

「いや、マグロ1匹もらっても困るのだが」

「うちのダンジョンに併設して解体してくれる業者というか、店向けの魚屋があるので紹介しますよ。その後はそこで売ることもできますし、選んだ部位を持ち帰ることもできます」

そんな店が都合よく……っ！　と思ったのだが、肉と違って魚は丸のままドロップするのがデフォなので、一般客が入れないか入れるかの違いはあるものの、どこのダンジョンでも大体あるそうだ。

送られてきたカードはダンジョンで【開封】する都合上、ダンジョンの周りにはいろいろな店や工場が集まる。特にダンジョン内で使う分に関しては、【封入】の都合上、加工もダンジョン内でするため、外に店を持つ業者がダンジョンの中にも小さなブースを持っていることも多い。

なお、肉は部位単位でのドロップが普通のため、部位を薄く切る加工場所はあっても、解体場所はない模様。

ただ、食肉用の牛豚を飼う農家さんは多く、小さな屠殺場は市内にあるそうで、もし牛が丸のままドロップしたら紹介してくれるそうだ。

豚の解体やらを自力でする方も多いと聞いて、逞しさに驚いている私だ。そういえば柊さんも猪や鹿は解体できるような話を聞いたような……。

もしかして私は都会のもやしっ子なのだろうか。山に住むものはできて普通とか言わないよな？　ハードルが高すぎる。

数日後、オークションで落としたものが届いた。

生産ブース用の机、棚、椅子、ベッド、弁当箱。来週には寝椅子、弁当箱、サイドテーブル、盆、ランタンが届くはずだ。

……そっと増えているのは事故だ。

落とせなかった寝椅子の出品者が次の週に、もっと好みのものを出品したもんだからこう……。既にベッドを購入してしまっていたのだが、もともと寝椅子の方が欲しかったものだからつい。

この金額では無理だろうな、と思いつつ未練がましく入札しておいたら、あとから出品された寝椅子は競る相手がおらず、うっかり落札してしまった。

開き直って、取り置きしてもらい、送料一律で収まる5枚を超えない範囲で欲しいものを落札した次第。同じダンジョンなので、ランタン以外は木製品の類だ。

このランタンは『回復薬』と同じように、ダンジョン内でしか使えない生産物だ。高めなのだが、鷹見さんから聞いた、リトルコアのドロップを売った時の試算が思っていたよりよかったので良しとする。

貯金からの前借りダメ、絶対。と思っていたのに……少し反省しよう。そういうわけで、財布には痛いが第2弾も届くのが楽しみだ。

今ある生産ブースのものは一度全部収納、収納できないものは既にリサイクルに回した。何もなくなったブースで、落札したものを【開封】する。机と棚が綺麗に収まり、作業スペースが広くなった。測って買ったのだから当たり前だが。

調薬のための道具を机に戻し、素材を棚に並べる。

新しい机と椅子、棚で生産をする。使いやすいよう道具や素材の位置を調整しつつ、真面目に量産をする。椅子は座面が革張りの回転椅子(ドクターチェア)なのだが、座り心地がやたらいい。オークションを眺めていて、国の研究施設で座ったやたら座り心地のいい椅子の生産者を思い出し、検索したら出てきたので、他より割高を覚悟して入札した。高かったが、これならば文句はない。

会ったことはないが、おそらく椅子の生産に関してツツジさんクラスなのだと思う。ちなみに寝椅子とベッドも金をかけている。必要経費、必要経費だ。

……この椅子は自宅でも使うか。持ち歩きで【収納】を圧迫するが、生産を始めるとつい作業時間が長くなる。椅子は大事だ。

週のうち最低1日は市のダンジョンを訪れ、売買ブースにカードを補充し、こちらの生産ブースに籠る。そして、来たついでに食材や消耗品の買い足しをして帰るのがパターンなのだが、今日はもう一つ、香辛料の【開封】がある。

時間を確認して、鷹見さんが押さえてくれた中会議室に向かう。

「どうぞ」

私に伝えたより早い時間から部屋は押さえていたらしく、既に準備ができていて鷹見さんが迎え入れてくれた。

外で食いながら話すことが多いので、『化身』の姿でやりとりするのは少し慣れない。鷹見さんはこっちではスーツ姿もグラマラスなきつめの美女だ。一方で私は、ダンピールの特性で表情の大きく変わらない冷たい印象の美形。

……後者は、種族特性でそうなっているので客観的事実だぞ？　特性から外れる者もたまにいるが、大体は種族の特性がそのまま出るのだ。

「よろしくお願いします」

「こちらこそ」

機嫌が良さそうな鷹見さんに挨拶を返し、早速カードを取り出す。

【開封】すると、繋げた机いっぱいに胡椒の小瓶が並んだ。

まずそこから私と鷹見さんが欲しいだけ取る。鷹見さんが取った分は、鷹見さん個人の分もあるかもしれんが、市の協力店に回す分。

残りはギルド職員によって箱詰めされ、隣の大会議室に運ばれていく。机の上が空いたら次のカードの【開封】、これを何度か繰り返して私の作業は終了。全体から私の取った分を引いて、代金はギルドからの振り込み。

鷹見さんが商工会に声をかけたそうで、大会議室では今頃残りの香辛料をめぐる商談が行われているはず。大人気のようだが、あまり市場に流すと値段が下がるし、悩みどころだ。

外で美味いものを食える確率が上がるのは嬉しいのだが、必ず手に入るとあてにされるのも困る。もしイレイサーがヘマをして、自宅のダンジョンが消えた場合、香辛料に頼りきっていた店は困ることになるだろう。

魚の時のように、鷹見さんがその辺は上手くやっている気もするが。

『クミン』『コリアンダー』『コショウ』『ターメリック』『カルダモン』『シナモン』『カレー粉』。私はそれぞれ10瓶ずつ確保した。

今夜はカレーに決定している。じゃがいもと玉ねぎは柊さんにもらったものがあるので、にんじんと——いや、その前に何カレーにしようか。

会議室を出て、ウキウキしながら買い物。

カレーの材料だけでなく、1週間分の食材だ。自宅ダンジョンで加工肉と魚は出るので、週一の買い物で余裕なのだが、野菜を買わねば。

エンドウ豆、トマト、ヤングコーン、シシトウ、竹の子、茗荷、この辺は外のものが出回っている。ダンジョンではその他の野菜、豚こま肉、ロース薄切り。牛は先日鷹見さんと食べたので今週はパス。

外の肉はごくたまに売っているのを見かける。鳥肉は遭遇率が高いんだが、それでも少ない。麦やトウモロコシなど、飼料になるものがドロップするダンジョンの側か、高原や北の大地ならば普通に売っているのだが。それ以外の場所でも、飼っている農家は多いが、頭数は多くない。たくさん飼うには餌と面積が足りない。大抵は自家消費か知り合いに分けて終わる。

そこそこの頭数を扱うところも、大抵取引の店は決まっていてそこに卸す。外の食材だけを扱っていることを売りにしている店も多いのだが、さすがに高い。

外の肉が出回るのは秋の終わりが多いんだが、それは飼い葉とか餌になるものの、冬場にとっておける量に限界があるかららしい。冬を越せる家畜の数には制限があるのだ。世知辛(せちがら)い。

まあ、肉は食いすぎるくらい食っているので、ダンジョン産だけでもいい。タンパク質は川魚をはじめ、他でも摂れるし。

帰りがけに豆腐屋に寄って、がんもどきを買い、取り置きの豆腐を回収して柊さんの家による。

「こんにちは」

相変わらず納屋で何か作業中の柊さんに声をかけ、豆腐の入った袋を持ち上げてみせる。

「おう、すまんな」

「いえ。私も便乗させていただいてますし」

他はともかく豆腐は午前中すぐに売り切れてしまう。予約は取っていないのだが、柊さんを始め付き合いの長いもともとの住人ならば話は別。引き取りを引き受けた代わりに、私の分も取り置きをしてもらった。

「これも持っていけ」

代金をもらい、さらにまたもや野菜を持たされる。

「いつもすみません」

ありがたく受け取る。

コショウかカレー粉を出そうと思ったが、まだ出回っていない。コショウなら取り扱い店があるのだが、バカ高い。お高めの肉を贈ったばかりだし、あまり返しすぎるのも負担をかけてしまう気がする。

なかなか難しいな、と思いながらお礼を言って家に帰る。

さて。カレーだ！

飯はたくさん炊いた。残ったら焼きおにぎりにして冷凍する方向……いや待て、冷凍庫の容量が危険な状態だ。

残ったら冷蔵して明日チャーハンにする方向で。鳥だしでホタテとエビ、海鮮チャーハンにしよう。うん。

まずはダンジョン以前、家庭で普通だったカレー。ニンジン、じゃがいも、玉ねぎ、一口大の豚の肩ロース。とろみは小麦粉、バターを少々。

炊き立てを器に盛り、好きなだけカレーをかける。大きなスプーン、ビール、ラッキョウ。

じゃがいもはほんの少し溶けたくらい。みじん切りにして炒めた玉ねぎはともかく、くし形に切った玉ねぎの所在も不明なんだが……、いた。てろんてろんだし、いっそいなくてもよかったか？　次回煮込み時間を考えよう。ニンジンはニンジンだが、色合い的にはいた方がいい。

美味い、そして炭酸によく合う。冷たいビールが最高ではないだろうか。

2杯目は夏野菜カレーに。オクラ、トマト、ヤングコーンとナスをカレー粉で炒めたものを足しただけだが。

野菜カレーはもう少しとろみを押さえた方がいいかな？　これでも美味いが。

そして明日のチャーハンは鳥だしではなく、カレーチャーハンだなこれ。鍋にこびりついたカレーの始末としてはいい方法だろう。ホタテやエビにもカレー味は合うだろうか？　大丈夫か。どこかのサバイバーが現地食材調達でも、カレー粉があれば全て解決すると言ってたし。おそらくなんにでも合うはず。

貝とイカは35層、エビの類は41層。間に羊や山羊、ほうれん草や白菜などを挟んでいる。エビの種類はアホほど出たのだが、階層が深まるにつれ、1種類の魔物が落とすドロップの種類が少なくなっていく。これはどこのダンジョンでも一緒。

スキルを使う魔物も出て、どういう魔物なのか把握するまで戦闘に少し時間がかかる。特に見分けのつかないスライムが嫌な感じだ。把握する前にさっさと倒してもいいのだが、性格上確認したい。

そして40層を越えたあたりから、同じ層に4種類の魔物がおり、その中に浅い層で出た強化版の魔物が混じってきた。

41層では水魔法を放ってくる青ネギ、43層では闇を滲(にじ)ませた黒アジやらだ。……属性の色であって、ネギや魚の種類とかではないのだが。

ドロップは『九条のネギ』『下仁田のネギ』『深谷のネギ』『速吸瀬戸(はやすいのせと)の鯵』『萩の瀬つき鯵』

『島根の鯵』。……速吸瀬戸って関アジか。

　普通は『ランス牛の肩肉』『ランス牛のロース』『ランス牛のサーロイン』のように魔物の名前がつくのだが。まあ、美味ければいい。

　現在44層まで進めたのだが、イレイサーたちにはスライムのドロップしかほぼ関係がないし、食材の方は鷹見さんにしか関係がないため、それぞれに44層の半分程度しか進んでいないと思われていそうだ。

　誤解を解くつもりもないし、わざと曖昧なままにしている。鷹見さんには微妙にバレていそうだが。


　さて、明日の朝回せるように洗濯の準備をして、掃除をしよう。

　台所やダンジョンの1部屋目のタオル類を回収、ベッドのシーツ類を剥がし、服で型崩れしそうなものはネットに放り込む。そろそろ暑くなってきたので、エアコンの掃除。

　埃を払い、掃除機をかけ、拭き掃除。新しいタオルとシーツの用意をし、自分が風呂に入って、使ったバスタオルを洗濯物の籠に放り込んで終了。

　お茶を淹れて書斎に籠る。書斎と呼んでいるが書き物などしないので、実質図書室だろう。

　今日はダンジョン用の鉱物図鑑を眺める。ずいぶん昔に買ったものだが、最近真面目にダンジョンに潜っているおかげで、いろいろ鉱物を手に入れている。まだ宝石と呼べるようなものは出ていないが、そんなものでも生産に利用できる。

弾丸の生産向けに限定した図鑑は新しく買ったのだが、鉱物が武器や防具に与えるもう少し基本的な効果を学習しようと引っ張り出した。単純に図鑑を眺めるのが楽しいのだが。

新しいシーツで眠った翌朝。

牛乳とビスケット。昨夜だいぶ食べたので、少なめに。最近胃が広がってきている気がする。

朝の散歩というか、山歩き。日当たりのいい岩場にキイチゴが茂っているのを見つけている。籠を片手にそこまで行って、籠いっぱいに摘む。こういうものは蟻が起き出してくる前に摘むのがコツだそうだ。

調べたら、蟻は24時間活動するうえ、昼行性も夜行性もいるらしい。ただ、巣から出る時間帯は午前10時頃からが多いのだそうだ。そういう種類が多いだけなのか、全部そうなのか、よく分からんが、とにかく早朝勝負なことは理解した。

畑予定だった場所に、ブラックベリーとラズベリーでも植えようか。あとイチジクとビワ。

巨峰も欲しいんだが、難しいかな？

イチジクの苗の植え付けは落葉期の12月から3月、ビワは2月から4月。2月頃に植えようかと思っている。思い立ってすぐ作業にかかれないのが歯痒いが、仕方がない。育った木々の根が石積みを崩さないよう、下準備だけ終わらせておくべきか。

家に戻り、ボウルに水を張ってキイチゴを入れる。しばらく漬けておけば、実を寝床にしている小さな虫や、ゴミが落ちる。

この間に菜園の手入れ、うちのオクラもそろそろ収穫できる。そして草取り。蚊が出てこないうちに終わらせたい。

ネットが垂らされた帽子、それかメッシュパーカー、手袋——いっそ完全防備するべきか？いい加減、家の裏の草もなんとかしたいのだが、あちらはどこから手をつけていいか分からん。いっそ除草剤を撒いてしまおうかと思わんでもないのだが、井戸のことを考えると躊躇する。

今のところ見える範囲をなんとかするので精いっぱいだ。おかしいな？　ダンジョンの攻略の方がよっぽど簡単だ。

# 外伝　イレイサーの事情

「これはダンジョン？」


パニックルームで雪にヴァイオリンを聴かせてもらおうとしたら、何かあった。

私たちのパニックルームは普段、楽器演奏用の防音室。隣の家はないし、前と後ろの家とはだいぶ離れてるし、ヴァイオリンで苦情が来るなら、巻き割り機や電動ノコギリの音で苦情の言い合いになる気がする山の中だけれど。

で、話を戻すと見慣れた調音の白いパネルが２枚分消えて、奥に岩肌が見えている。そっと覗くと小部屋と次に続く通路。

「ダンジョンですね」

「ダンジョンだよね！」

雪と２人言い合う。

「――ちょっと入ってみる！」

「動けなくなるんじゃないですか？」

テンション上がって言うと、雪に止められた。

私は柊蓮花、女。隣は雪杜、男。一性卵ではないけれど、双子でよく似ている。雪の方がお淑やかだけどね！

雪は楚々とした少し線の細い印象を受ける美形なんだ、ヴァイオリンがよく似合う。私は、黙っていれば可憐らしい。

つい最近までピアノを習ってた、自発的に始めたわけじゃないけど、雪のヴァイオリンと合わせるのは好きなんで、今も弾く。

自慢じゃないけど私は野山を走り回る山猿だった。今でも中身は山猿だと思う。枝振りのいい木を見ると登ってみたくなるし。そんな健康優良児な私は、ダンジョンと相性が悪かった。

そもそも12歳で一斉に行われる『運命の選択』をし損ねている。運命というのは、初めてダンジョンを訪れた時に授かる、『化身』と呼ばれるダンジョンでの姿、能力と装備のこと。

初めて入ったダンジョンで無数の輝く石に囲まれ、その中からたった一つを掴み取る。手の中で石は『変転具』と呼ばれるものに変わり、頭の中に称号が聞こえるという。

自分はダンジョンに入った途端、床から現れた鎖にからめとられ、石に触れることが叶わなかった。

周囲が運命を手に入れてワイワイと騒ぐ中、無様に床に転がって、びっくりした顔をしてこちらを見る雪と、宙に無数に浮いている、薄く輝く光の蕾に包まれた宝石をただ眺めていた。

ダンジョンと相性が悪い者というのは、時々いるらしい。もしくは、疾患のある人間――別の姿をとるので、突然死のリスクがあるような疾患でなければ、平気らしいけど。

その後の検査の結果、特に悪いところも見つからず、父は自分の虚弱体質が遺伝したと嘆いた。ハンサムというより美しい父で、優しい父だ。そして鬱陶しい。

あ、本音が漏れた。

「こっちに越してから、体調いいし！」

「うん、そうだけれど……」

困ったように雪が言い淀(よど)むのを押しきる。

「いけるいける」

私たちが双子なのは、母がどうしても子供が欲しくってって聞いたけど、母は大企業の研究所でほとんど泊まり込みで働き、父は家にいたが自分の世話さえあやしい人。物心ついた時にはここ――祖父の家に預けられていた。

自分たちである程度のことができるようになると、両親のいる町の家に連れていかれた。そうしたら、こっちでは野山を駆け回ってたのに、どういうわけか私の体調が悪くなった。

で、戻ってきたら途端に元気になったんだから、町がとことん合わなかったんだと思う。子供の頃、側にいたのはおじいちゃんと佐々木のおばあさんとおばさんたち、そして幼馴染の2人。私たちの故郷はここだ。

「入ってみるから鎖が出たら引っ張り出して？　それとも初到達の報酬、一緒に狙う？」

「分かった」

諦めたのか雪が言う。

雪だって、人並みにダンジョンに入りたいはずなのに私に付き合って、ダンジョンから足が遠のいている。

鎖が手首に絡みつく初めの1本から、動けなくなるまで増えるのに1分ほど。これは何度か受けた検査で分かっている。危ないようなら全てが絡みつく前に、パニックルーム側に倒れ込めばいい。

雪と一緒に一歩を踏み出す。

「よしっ！」

思わず小さくガッツポーズをする。

「本当、あの謎の体調不良が原因だったんだ……。なんだったんだろう？」

満面の笑みの私と、不思議そうな雪。

「ストレスじゃない？　あそこ、父さんはあれだし、隣は鬱陶しいし。とにかく、これでようやくダンジョンに入れる！」

「それなら僕も体調がおかしくなってもいいと思うけど……」

「雪もだいぶ付きまとわれてたしね！」

町にいた時の隣の青葉家は、家族丸ごと本当にストレスだった。私たちが嫌がっても、母と父が家に入れる。

父は私たちが普通の声で話すのさえ頭に響くとうるさがったのに、あの2人のことはなぜか家に入れてたんだよね。腹立つ！

町を出る時も幼馴染だなんだとさんざん関わってこようとしたけど、幼馴染はこっちにちゃんといる。

で、数年ぶりに『運命』の光に囲まれている私たち――というか、私。この『運命の選択』の石は、個人にしか見えないらしい。この光る石のどれかを掴み取れば、ダンジョンでの自分を手に入れられる。

石はよく見る砕石みたいなものから透明度の高い宝石まで、形も原石みたいなものから綺麗にカットされたようなものまでさまざま。そんなのが薄く光る花の蕾に包まれて、宙に浮いてる。

あっちの石がいいだろうか、そこの光の方が強い？　石の光はレンゲの花のように、離れた場所にあるものの方が重なって色が濃く輝くように見える。

感慨深く光の中を歩く。光は触る意思を持って触れなければ、体を透過する。すごくわくわくする！

「おう！」

「ちょっと待って、今忙し……何？」

真っ黒な猫がエメラルドの目でこちらを見ている。

「アンタたちにちっと協力してほしいんだけど……って、逃げないで！　怪しいもんじゃねぇから！」

慌てる黒猫を見据えながら、出口まで後退る私。雪が私の前に立つ。

「俺はダンジョンの聖獣！　魔物じゃぁない」

もふっとした胸を張って言う黒猫。

「せいじゅう……18禁？」

可愛い顔して性獣。

「蓮……」

渋い顔をする雪。

雪の方が見た目は儚い感じ、でもいつも守ってくれる。町での生活の中、体調が悪かったのは私だから。

「どうしてそうなる!!」

黒猫がコミカルに背中と尻尾を逆立てる。

「私、聖獣には会ったことがないし」

確か聖獣というのはダンジョンで稀に遭遇できる、ダンジョン創造の神様の使いみたいな存在。ダンジョンの造営の中心はただのコアだって言う人もいるし、まず創造神の存在が謎だけれど。

「今会ってる、今会ってるんだよ！」

「気のせい、気のせいです」

ダンジョンで遭遇した怪しい獣なんて信じるわけないじゃないですか。やだー。

「あーもう、人選間違えたかな？　青葉正義と青葉さくらの『化身』を殺してほしいんだけど」

「やります」

しょげたように言う猫に、思わず即答。

「早ッ！」

「そりゃあもう、あの2人鬱陶しいのだもの」

黒猫がのけぞっているけど、ここは即答でしょう。

「蓮、もう少し考えて……」

頭の痛そうな雪。

即答したのには理由が2つある。

一つは『化身』でいる時に殺しても、『化身』になれなくなる——実質、ダンジョンの攻略ができなくなる——だけで、生身には影響がないこと。

つまり殺人が適用されない。ただ10層くらいまでは暗黙の了解として、平和にやってるし、ダンジョンによっては巡回もある。海外だとカオスになりがちだけど、日本だと結構深い層でも人間同士は平和的。

もう一つは、年単位でつきまとわれてストレスが溜まっているから。

親の都合で手元に引き取られた先の隣、青葉家。何か知らないけど気がついたら、私が青葉正義と好き合ってると言いふらされていた。雪も青葉の妹、さくらと。否定して回ったけれど、昔から住んでいる出来のいい兄妹の話の方を周囲は信じた。

信じてもらえなかったのは、親同士もくっつけようとしていたのも原因。それは両親が事故で亡くなるまで続いて、亡くなったら亡くなったで心配だから家に来いとか、ついていってあげるとか言われた。けど、サクッと断っておじいさんのいるここに戻ってきた！

家を売ったりなんだり事後処理をするために、しばらくは離れられなくってマンスリーに避難したら、３度引っ越して3度来たし。立派なストーカーだ。

ＳＮＳに「早まったことをしないか心配で……」とか流して、居場所を特定するのはやめてほしいというか、さすがに弁護士を挟んでやめさせた。

18にして青葉正義は地元のダンジョンでは攻略組と言われ、トップクラスの強さだったたし、氾濫で外に現れたリトルコアを倒した『勇者』って呼ばれる人間で、配信者でもある。

町では兄妹のファンが山ほどいるような環境だった。

なにせ魔物が溢れた時に頼りになるのは、警官より冒険者と呼ばれるダンジョン攻略者だから。

外で暴れてるリトルコアを倒したのは素直に尊敬するけど、私たちの意思を無視する本人たちも周りも本当に鬱陶しかった。

その人気も、あくまでその活動範囲ではの話なんで、引っ越ししてここに戻ったあとは平和。あの期間、不調だったんだけど、どう考えてもストレスが原因だと思う。その証拠に現在は快調！

「あれ、でも遠いと思うのだけれど？」

ダンジョンができる前は長距離移動も楽だったようだけど、今は移動するとお金がすごくかかる。すごく高い。すごく高いのだ。大事なことなので2回言う。

「大丈夫、対象ダンジョンへの移動手段はこっちで確保してる」

黒猫が胸を張る。

「ん、無料送迎。でも私、ダンジョンの攻略を今から始めるから、いつになるか分からないよ？」

やる方向で構わないけれども、さすがにやる自信がつくまで手出しするほど無謀じゃない。そして今から鍛えて青葉兄妹に追いつけるのか分からない。

「これからダンジョンの『運命の選択』をするんだろ？」

「はい」

「その運命にイレイサーとしてのものが加算される。称号が2つになるし、イレイサーの『化身』では、本来の『化身』での能力もプラスされる。それにレベルなんて、長くもぐってっても25あたりで上げ止まる、すぐ追いつくさ」

ダンジョンでは魔物を倒すとレベルが上がる。

レベルが上がると基礎能力や武器防具の性能が上昇する。ただ、思うようには上がらないので、先に進み難くなるとは聞いている。先に進み難くなるってことは、レベルもさらに上がりづらくなるってこと。

「んで、もし対象が他の奴らに狩られたら、イレイサーのあれこれは消えて、元の『化身』の気力は半減する。このダンジョンそのものが報酬なんだけど、これも消える」

「ペナルティね」

気力はダンジョン内で行動するには必須。

能力を使う時に使用するし、気力がないままダンジョンを彷徨うと、ダンジョンに取り込まれてしまう。そもそも気力をなくすと動く気もなくなるらしいけど。

でも今現在、ダンジョンに入っていない私たちにとってはペナルティにはならない気もする。

「そそ。青葉正義とさくらを対象としているイレイサーは今のところ他にいないけど、あんまり時間がかかるようなら、他の聖獣から他の奴に依頼が行く可能性もある。あ、イレイサーってのは俺みたいなダンジョンの聖獣から、ダンジョンにちょっかいかけてる奴を排除する依頼を受けた奴のことね」

「聖獣って黒猫君だけじゃないんだ？」

「何匹かいるよ」

こともなげに告げてくる黒猫。

「ダンジョンにちょっかいいって？」

「ダンジョンの法則を曲げることだな。柊蓮花に限って言えば、その2人に運命を奪われてた」

「運命を？　あと蓮で構わないよ」

どういうことだろう？

「ダンジョンのあの鎖のことですか？　12歳からずっと？」

雪が聞く。

「そのちょっと前から？　授かるべき能力を得られない状態にして、代わりに青葉正義か青葉さくらが何か恩恵を受けてる。どっちにも痕跡があるから、どっちもかな」

「なるほど……」

なるほど。青葉兄妹と会うと、決まって具合が悪くなった。

ストレスではなかったんだ。そして、青葉の両親は——うちの母もだけど——ダンジョン素材を研究する大手会社、ダンジョン&ダイブの研究員。

私が具合が悪くなった時期からって考えるなら、主導は青葉の両親。さすがに兄と妹では幼すぎる。……もしかして、うちの両親もかな。

「ダンジョンの法則を曲げた者が、外にいる場合はどうするの？」

「ダンジョンの方が『行く』さ」

ああ、私たちの家にダンジョンができたのは偶然じゃなくって、依頼するためにダンジョンが『来た』んだ。さっき依頼を果たせなかったら、このダンジョンは消えるって言っていたし。

「まずダンジョン内にいる対象の『化身』を奪うことで縁をたどるのさ。実験対象が魔物なら魔物を倒すんだけど」

「そこから一網打尽（いちもうだじん）ってやつ？」

「そう」

ダンジョン内で歪な能力を奪うことで、それに関わった人たちを全部把握するのかな？　ちょっと怖いね。ザマアミロとも思うけど。

「ああ、あとイレイサーは治外法権、国と誓約済み。某地域みたいにダンジョンがなくなったら怖いだろ」

器用にウインクする黒猫。

数年前にダンジョンが消えた地域があることを思い出す。

海外からの輸入があまり期待できない今、ダンジョンがなくなることはその地域の死活問題だし、消え方によっては崩落を起こして上に載ってる町ごと壊れる。

そんな脅され方をしたら、国も協力するよね。今、私たちへのお願いはそんなに怖いこと言われてないけど。

「国の関係者にも紹介するよ。必要な素材とか融通してくれるはずだ」

「それはいざという時だけでいいかな」

「ですね」

原因不明の鎖の出現で、国の研究機関で調べられたんだけど、あまりいい印象がないんだよね。人にもよるのだろうけど、それを言ったら今回の国の人も人によるんだろうし。

「ああ。でも、青葉も自分の会社で調べてあげようか？　みたいなことを言っていましたね。国からの話が断れない雰囲気だったので、結果的に青葉の方が引きましたが」

雪が当時を思い出したのか、眉根を寄せる。

「なるほど。それならあの国の研究者に感謝だね！」

「どちらも嫌な奴でいいのでは？」

「それもそうだ」

一瞬評価を変えたけど、雪の言葉で一瞬だけ。

いいか悪いか決めるのは、相手同士比べるんじゃなくって自分が嫌かどうかだよね。

「で、イレイサーになる？　一応、対象と縁が深い２人とものつもりで来たんだけど。あ、対象２人なんでイレイサーも２人な」

黒猫が聞いてくる。

「うん、なる。絶対殴りたい！」

他に青葉兄妹を狩られる前に、絶対殴らなきゃ。

「……蓮にだけやらせるくらいなら僕も」

雪はおとなしいし優しい。

「じゃ、細かい話は蓮が運命を手に入れてからだ」

黒猫に言われ、あたらめて数多の光に目を向ける。

深呼吸を一度。

綺麗な雫型のエメラルド、目の前の黒猫の目に似た色。せっかく縁があったことだし、これがいいかな？

即断即決！　全部見て回ったらキリがないしね！

「はやっ！」

黒猫がびっくりして毛を逆立ててる。

掴み取ると宝石は細かい光の粒を放って、細い鎖のついた金のアストロラーベに変わる。

アストロラーベは昔の天文学者や占星術者に広く使われていた天体観測用の機器で、円盤の中に測量のためのパーツが収まっている。

なんで詳しいかって、雪の『変転具』もアストロラーベだから。雪のはブラックゴールドだけど。

『【暁闇の恩寵】』

頭の中に響く声。

「我は呼ぶ、【暁闇の恩寵】！　変転！」

右手のアストロラーベを掲げ、手に入れた運命の称号を叫ぶ。

アストロラーベから光が溢れ、私を包み私の中に消えていく。白い光が収まると『化身』に変わっている。

視界の先にある黒かった髪が薄いラベンダー色に、手にはオートマチックの銃。あとなんか胸にネックレスが見える。

「ん。基本はあんま変わらないタイプか」

そう言う黒猫に心の中で反論する。

変わったよ、主に胸が。下が見えないもの。

黒猫の言ってるのは種族とか性別のことだって分かるけど。

「【暁闇の恩寵】は闇属性とほんの少しの光属性、静寂。静寂は音を抑える。称号による特殊能力は、対象の能力による攻撃を増幅して反射する。成功の可否は対象との力量差が影響、失敗した場合は無防備に攻撃を受ける」

黒猫が私を見つめながら、読み上げるように言う。そして、その通りの能力が自分の中にあるのが分かる。

「銃は、【月影】。光属性とほんの少しの闇属性、癒し。癒しは対象にダメージを与えた場合、ダメージ量1パーセント分の気力の回復」

おお、いいんじゃない？　銃や弓は実弾や矢を用意しないと気力が保たないみたいな話だったはず。

「タリスマンについた能力は【星の帳】、爆発系のダメージ防御」

このネックレス、タリスマン？

ところで部屋着がダンジョン素材で何より。そうでなかったら全裸にタリスマンだった。セーフ、セーフ。運命の一斉取得ではみんな、ダンジョン素材のゆるいローブでテルテル坊主みたいな格好だったものね。

「僕も。【蒼天の若枝】！　変転」

雪の姿が変わる。

生身も華奢だけれど、『化身』はもっと丸みを帯びて女性的。男だけどね！

「さあ、目の前の石を掴み取れ」

黒猫が言う。

さっきまでなかった黒い石が、私と雪の目の前に一つずつ浮いている。

『【因果の執行者】』

雪と2人、頷き合い掴み取ると頭に響く声。

「我は呼ぶ、【因果の執行者】！　変転！」

左の手の中に落ちてきたのは少し紫を帯びたような黒い石。

手には黒い指ぬきグローブ、足に少し踵の高い短靴。うん、グローブいいね、殴れるもん。

そして隣の雪と同じ、神父服みたいな黒いローブ。雪、顔に黒いのが張り付いてる——って、私もだ。

「【因果の執行者】はダンジョン属性。イレイザー固有。ダンジョンの環境と馴染み、ダンジョンの理を犯したものから奪い、自身を有利にする。ま、普段は対象のダンジョンでの運が多少悪くなって、イレイサーの運が少し良くなるってとこだが、蓮は直接奪われてた分すげー能力が上がってる。今現在から対象には絶賛仕返し中ってやつだ！」

目の前の黒猫が、猫のくせに愉快そうな顔をして笑う。聖獣って言ってたけど、心が綺麗な存在ってわけじゃないみたい。

でも、直接仕返しするチャンスをくれたし、何よりこれからダンジョンの攻略ができるかと思うと、わくわくする！
ずっと憧れてたんだよね！

# プライベートダンジョンの世界

## ◇世界の状況

ダンジョンから溢れた魔物により、国家間は分断されている。

電気やガソリンに変わる動力の確保の難しさから文明は一時衰退したが、魔物の落とす魔石から動力を確保することにより持ち直す。現在は衛星を通じて回線は繋がったが、海と空は魔物で溢れていて輸出入が困難な状況は変わらず、国内の移動と運搬にも難がある。

食料や鉱石などの資源はダンジョンの魔物がドロップするため、ダンジョンを中心とした生活圏が形成されている。

## ◇ダンジョン

50年前、世界に現れた魔物の出る地下空間。

ダンジョン内と外の世界は異なっており、ダンジョン内では電子機器・火器などは使えない。現れる魔物がさまざまな素材をカードの形で落とす。

足を踏み入れた者には『運命の選択』によってダンジョンを進むための『姿』『能力』『武器』『防具』が与えられる。

「魔物を一定以上倒すとレベルアップする」というゲームのような現象が起こる。

◇化身
人がとるダンジョン内での姿。これに対して、外での姿は『生身』と呼ばれる。

『化身』は年齢や外見、性別、種族が『生身』とは変わることもしばしば。

◇変転
『生身』から『化身』になること。

◇変転具
『運命の選択』で掴み取ったもの。ダンジョン内で与えられた称号を口にすることで現れ、変転する。

『変転具』には武器防具を納めることが可能で、納めたままでも武器防具についた能力を使用できる。

◇聖獣

ダンジョンの意思を伝えるもの。

◇イレイサー

ダンジョンに仇なす者を消し去るため、選ばれた者。

効率のよい成長が望めるプライベートダンジョンや、イレイサーとしての『化身』『能力』『武器』『防具』などが与えられる。イレイサーの姿をとる場合、本来の『化身』の基礎能力が上乗せされる。

◇協力者

イレイサーの協力者。主に生産面でのサポートのために選ばれる。
プライベートダンジョンのほか、新たに『能力』『武器』『防具』などが与えられる。

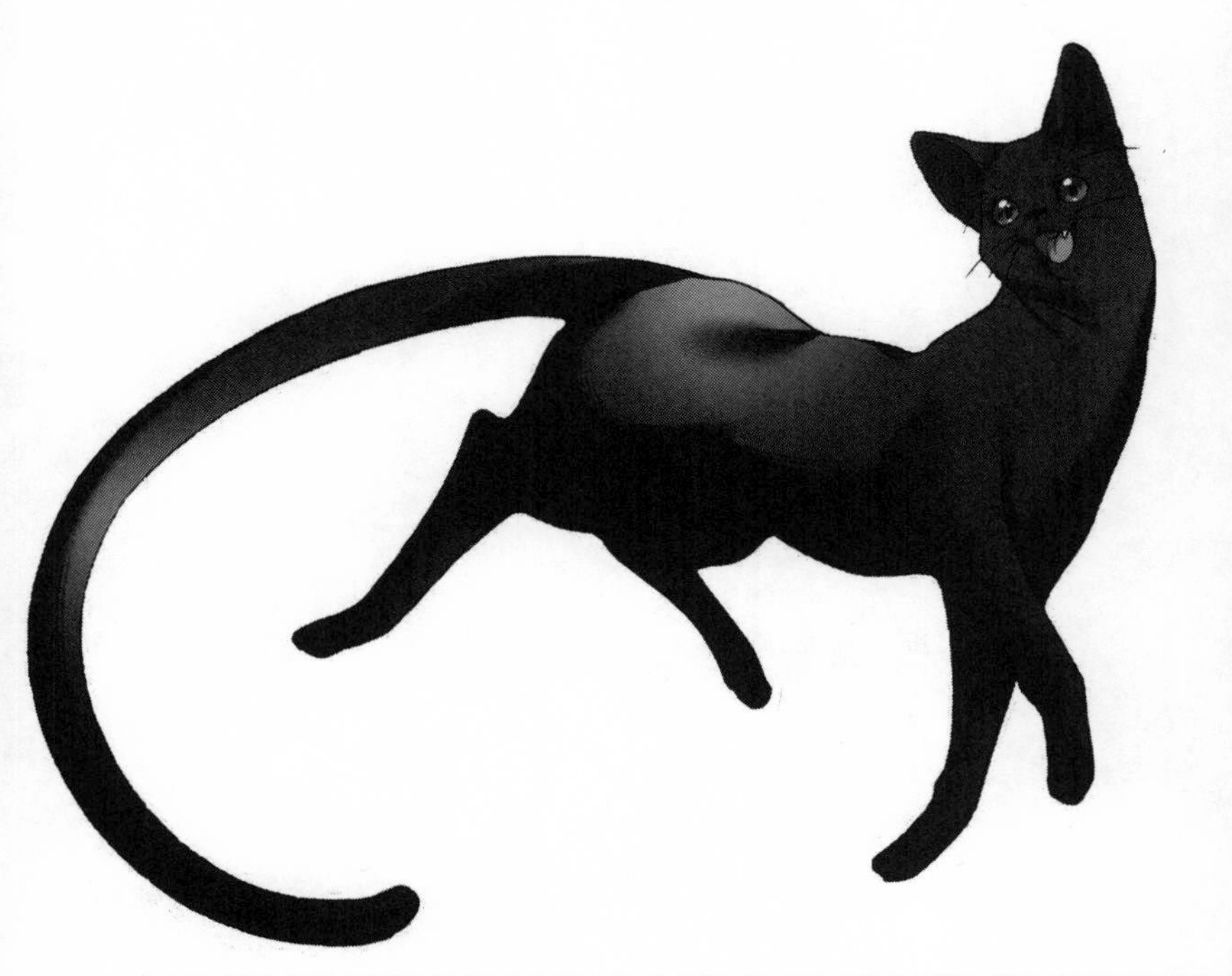

# あとがき

こんにちは、じゃがバターです。

プライベートダンジョンをお送りします。ツギクルブックスさんとしてはちょっと毛色が変わっているのかな？　食事と酒が好きな主人公です。スローライフと見せかけて、早々に自給自足は諦めて草に敗北している主人公でもあります。好いていただければ嬉しいです。

最初はもう少し物事に対して積極的というか、少しお節介で熱血な主人公を書こう――としたのがレンで、書いていて安定しなかったため、オオツキと主人公チェンジしました。

書いている私の中に熱血要素が薄いのか。寄り道をして、美味しいものを食べて気ままに過ごしている主人公が動かしやすい……。

楽しんでいただけたら嬉しいです。

**滝月**（オオツキ）：20冊を超えたか……。祝いに託（こと）けてなにか美味いものを食って飲むか

**鷹見**：その前にこのお話の書籍化に乾杯でしょう。『翠』を予約しますか？

**レン**：はい、はい！　寒いし鍋焼きうどん！

**ユキ**：……レン

カズマ：まあ、酒が飲めないと入る機会はないからな
ツバキ：茶で乾杯をするかい？
滝　月：どこから沸いた？　誰も連れていくとは言っていない
レ　ン：じゃあ、オオツキさんの手料理！
ツバキ：なるほど、そちらの方が嬉しい
滝　月：もっとない
レ　ン：お祝いはみんなでしたい！
ユ　キ：すみません、料理手伝いますので……
ツバキ：料理だと、私は手伝わないことが手伝いになるのだろうな。
鷹　見：美味い酒を持っていきますよ。掛かりは請求してください
カズマ：後で下の畑跡の草刈り手伝うよ
滝　月：――まあ、祝いだしな
レ　ン：わーい！　やった！

２０２４年睦月吉日

じゃがバター

## 次世代型コンテンツポータルサイト

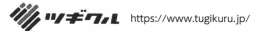

ツギクル https://www.tugikuru.jp/

「ツギクル」はWeb発クリエイターの活躍が珍しくなくなった流れを背景に、作家などを目指すクリエイターに最新のIT技術による環境を提供し、Web上での創作活動を支援するサービスです。

作品を投稿あるいは登録することで、アクセス数などの人気指標がランキングで表示されるほか、作品の構成要素、特徴、類似作品情報、文章の読みやすさなど、AIを活用した作品分析を行うことができます。

今後も登録作品からの書籍化を行っていく予定です。

## ツギクルAI分析結果

「プライベートダンジョン　～田舎暮らしとダンジョン素材の酒と飯～」のジャンル構成は、SFに続いて、ファンタジー、ミステリー、歴史・時代、恋愛、ホラー、青春、現代文学の順番に要素が多い結果となりました。

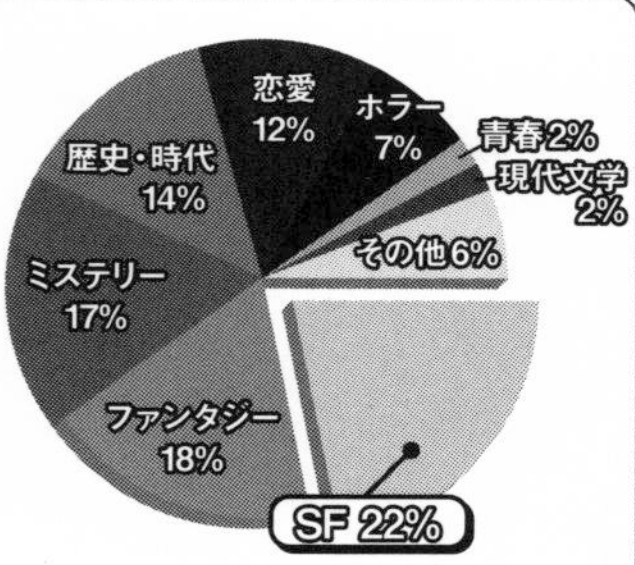


## 期間限定SS配信

### 「プライベートダンジョン<br>～田舎暮らしとダンジョン素材の酒と飯～」

右記のQRコードを読み込むと、「プライベートダンジョン　～田舎暮らしとダンジョン素材の酒と飯～」のスペシャルストーリーを楽しむことができます。ぜひアクセスしてください。
キャンペーン期間は2024年9月10日までとなっております。

〜私は自由気ままに暮らしたい〜

# こんなはずじゃなかった？ それは残念でしたね

著：風見ゆうみ
イラスト：しあびす

もふもふな仲間に囲まれて、楽しく過ごすことにしました！

コミカライズ企画進行中！

幼い頃に両親が亡くなり、伯父であるフローゼル伯爵家の養女になったリゼ。
ある日、姉のミカナから婚約者であるエセロを譲れと言われ、家族だと思っていた人達から嫌がらせを受けるようになる。やがてミカナはエセロを誘惑し、最終的にリゼは婚約破棄されてしまう。
そんなリゼのことを救ってくれたのは、かっこよくてかわいいもふもふたちだった！？

家を出たリゼが、魔法の家族と幸せに暮らす、異世界ファンタジー！

定価1,430円（本体1,300円＋税10%）　ISBN978-4-8156-2561-0

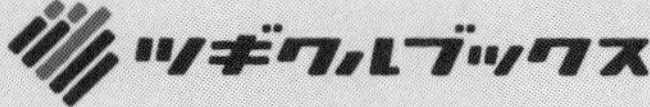


https://books.tugikuru.jp/

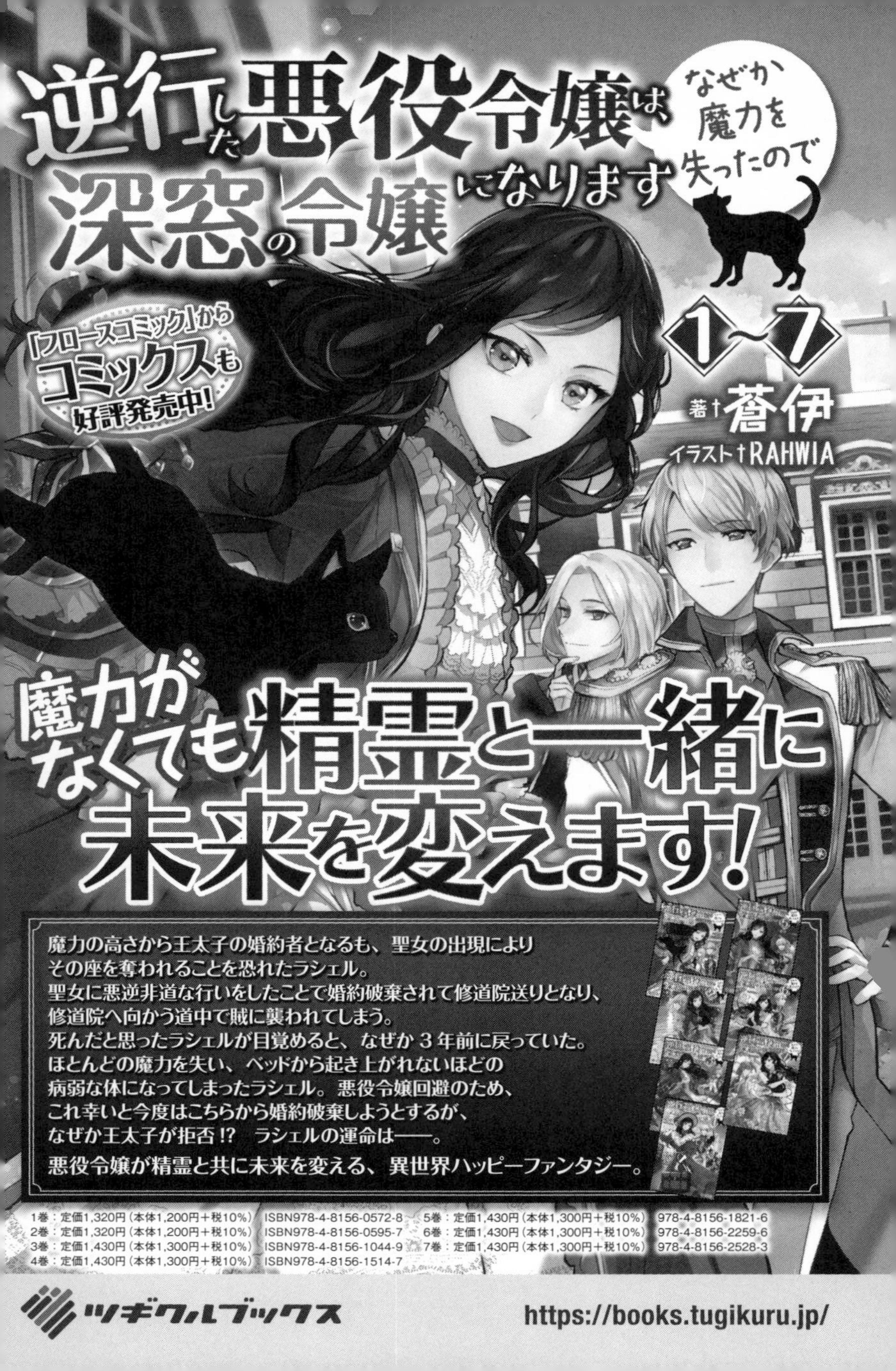
逆行した悪役令嬢は、なぜか魔力を失ったので深窓の令嬢になります
「フロースコミック」からコミックスも好評発売中!
1~7
著†蒼伊
イラスト†RAHWIA
魔力がなくても精霊と一緒に未来を変えます!
魔力の高さから王太子の婚約者となるも、聖女の出現により
その座を奪われることを恐れたラシェル。
聖女に悪逆非道な行いをしたことで婚約破棄されて修道院送りとなり、
修道院へ向かう道中で賊に襲われてしまう。
死んだと思ったラシェルが目覚めると、なぜか3年前に戻っていた。
ほとんどの魔力を失い、ベッドから起き上がれないほどの
病弱な体になってしまったラシェル。悪役令嬢回避のため、
これ幸いと今度はこちらから婚約破棄しようとするが、
なぜか王太子が拒否!? ラシェルの運命は——。
悪役令嬢が精霊と共に未来を変える、異世界ハッピーファンタジー。
1巻：定価1,320円（本体1,200円+税10%） ISBN978-4-8156-0572-8
2巻：定価1,320円（本体1,200円+税10%） ISBN978-4-8156-0595-7
3巻：定価1,430円（本体1,300円+税10%） ISBN978-4-8156-1044-9
4巻：定価1,430円（本体1,300円+税10%） ISBN978-4-8156-1514-7
5巻：定価1,430円（本体1,300円+税10%） 978-4-8156-1821-6
6巻：定価1,430円（本体1,300円+税10%） 978-4-8156-2259-6
7巻：定価1,430円（本体1,300円+税10%） 978-4-8156-2528-3
ツギクルブックス
https://books.tugikuru.jp/

まゆらん
イラスト 羽公

平凡って楽しくてたまりませんわ!


エリス・ラースはラース侯爵家の令嬢。特に秀でた事もなく、特別に美しいわけでもなく、侯爵家としての家格もさほど高くない、どこにでもいる平凡な令嬢である。……表向きは。

狂犬執事も、双子の侍女と侍従も、魔法省の副長官も、みんなエリスに忠誠を誓っている。一体なぜ? エリス・ラースは何者なのか?

これは、平凡(に憧れる)令嬢の、平凡からはかけ離れた日常の物語。

定価1,320円(本体1,200円+税10%) 978-4-8156-1982-4

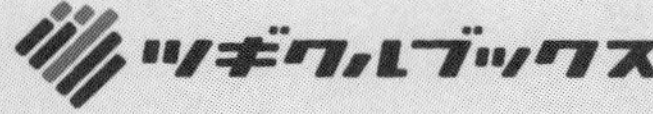


https://books.tugikuru.jp/

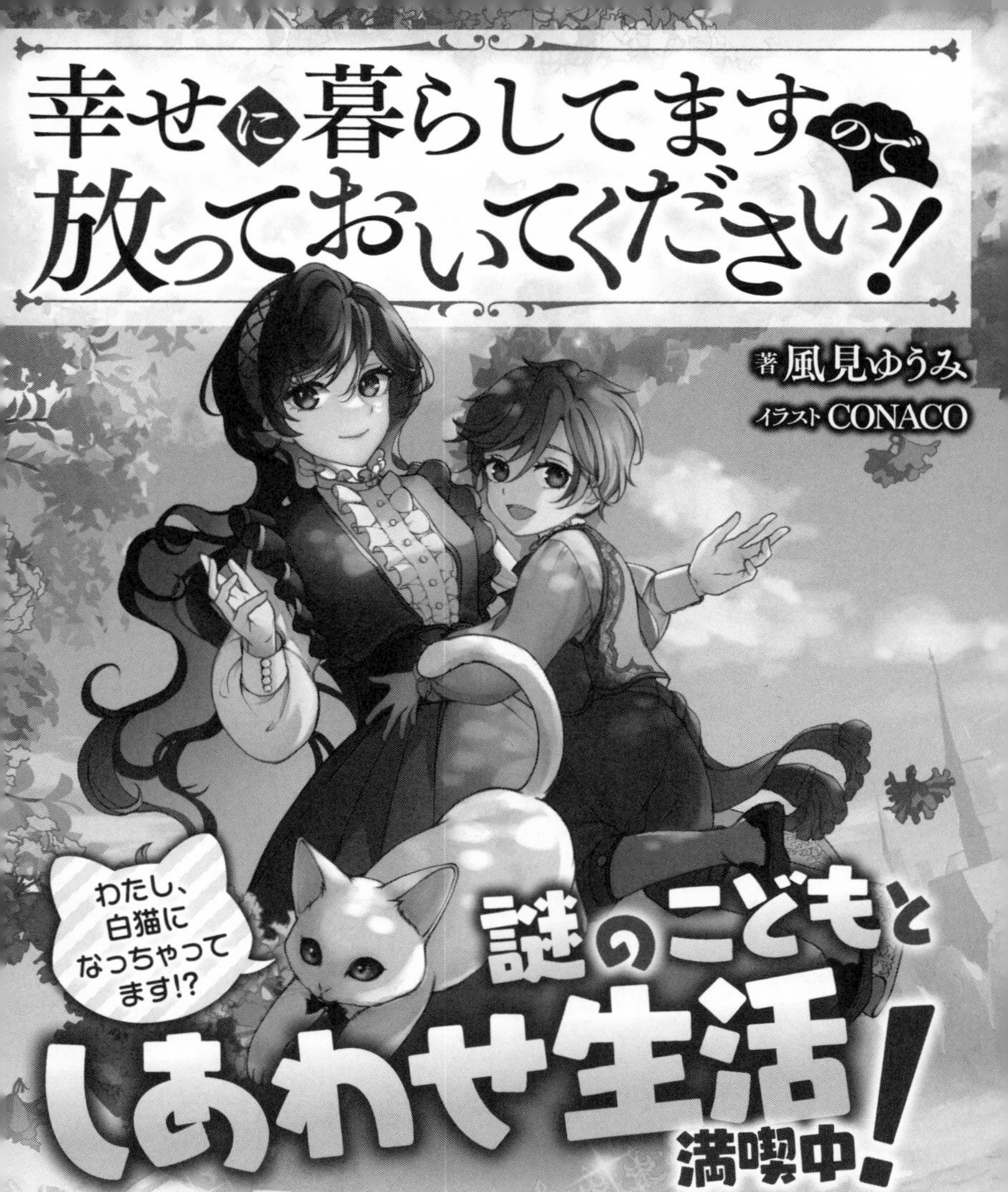

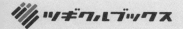

**愛読者アンケートに回答してカバーイラストをダウンロード！**

愛読者アンケートや本書に関するご意見、じゃがバター先生、しの先生へのファンレターは、下記のURLまたは右のQRコードよりアクセスしてください。
アンケートにご回答いただくとカバーイラストの画像データがダウンロードできますので、壁紙などでご使用ください。
https://books.tugikuru.jp/q/202403/privatedungeon.html

本書は、カクヨムに掲載された「プライベートダンジョン」を加筆修正したものです。

# プライベートダンジョン
## ～田舎暮らしとダンジョン素材の酒と飯～

---

2024年3月25日　初版第1刷発行
2024年3月28日　初版第2刷発行

著者　じゃがバター

発行人　宇草 亮
発行所　ツギクル株式会社
〒105-0001　東京都港区虎ノ門2-2-1
発売元　SBクリエイティブ株式会社
〒105-0001　東京都港区虎ノ門2-2-1

イラスト　しの
装丁　株式会社エストール

印刷・製本　中央精版印刷株式会社

---


ISBN978-4-8156-2423-1
Printed in Japan